Errori di Valutazione

Paola Pica

Published by Clink Street Publishing 2016

Copyright © 2016

First edition.

ISBN: 978-1-911525-11-0
Ebook: 978-1-911525-12-7

romanzo

Indice

L'Autrice, in questa sua ultima opera, ha voluto sperimentare una tecnica di struttura diversa: quella di una storia,la stessa (Capitolo IV),vissuta e narrata da tre narratori diversi,secondo il loro proprio punto di vista ed ognuno con il suo errore di valutazione al riguardo. Solo nell'ultimo capitolo la storia sarà presentata secondo il modulo del narratore imparziale ed onnisciente.

CAPITOLO I

L'ERRORE DI VALUTAZIONE DI MARCO

L'ho odiata quasi dal primo momento in cui l'ho vista; perché sono un incantatore e lei, invece, non sarebbe mai caduta nella mia rete. Lo sentivo; lo sapevo.

Me la presentò Francesca un giorno d'inverno, in cui avevo saputo "ufficialmente" da lei che una sua cugina ci sarebbe venuta a trovare, per un caffé a metà mattina.

La cosa mi meravigliò un bel po', perché era la prima volta che Francesca riceveva una visita.

Mi disse che s'era rifatta viva la sera prima al telefono, dopo dieci anni che non si vedevano né si sentivano.

Di quell'annuncio non ci sarebbe stato bisogno, ma lei non lo sapeva: ho detto "ufficialmente" perché avevo ascoltato tutta la loro conversazione da uno dei tanti telefoni comunicanti che avevo fatto istallare in casa.

Sorvolo sul ricordo di quella telefonata, perché mi fa stare ancora male. Sentire il calore con cui Francesca si era congedata dalla cugina, dopo la fredda accoglienza dell'inizio della telefonata, mi aveva infatti dato una fitta di gelosia furiosa. La voce della mia donna del momento, ormai nota a tutti per le sue reazioni di ghiaccio, mi era risuonata nelle orecchie come una stilettata; perché ciò significava che, nonostante tutto il mio lavoro, forse era ancora possibile che qualcuno le facesse vibrare qualcosa dentro, qualcosa di diverso e non destinato a me.

Ma che voleva questa, risuscitata da chissà quale loro

passato condiviso e a me sconosciuto?

Le mie donne sono sempre state solo mie e devono apparire fredde e irraggiungibili a chiunque altro, uomo o donna che sia; perché le emozioni accomunano le persone e c'è sempre il pericolo che un po' di calore risvegli desideri sepolti di solidarietà e condivisione.

Quella notte sognai che Francesca attraversava a guado un torrente di montagna gelido; lei che non sopporta il freddo, al punto di essere sempre supercoperta dalla testa ai piedi, anche in casa. Be', so che ci sono anche altre ragioni per questo suo non scoprirsi mai, nemmeno in estate...ma non voglio mettermi a riflettere sulla sua somatizzazione dell'essere fredda e distante con tutti. Almeno, così era allora...adesso non so. Ma non può essere cambiata.

Dicevo del mio sogno: attraversava quel torrente gelido, bagnandosi i pantaloni e le

gambe fino all'inguine, per raggiungere qualcuno di là, sull'altra riva.

Ma non sono riuscito a vedere il viso della persona che la aspettava, perché era seminascosta dietro un grande masso e da lì, toccandolo in modo invitante con la mano, che invece vedevo, le diceva:

- Vieni, senti come è caldo, con tutto questo sole.-

E Francesca si affannava e rideva, rideva...lei che ride solo con me e che ho plasmato fino al punto di non sorridere a nessuno, prima di rivolgermi un rapido sguardo per cercare il mio assenso.

Lo sa che mi piace algida e distante da tutto, perché deve essere solo mia, deve vibrare solo per me.

Mi sono svegliato in un bagno di sudore gelato, convinto

di essere ancora lì, in quel

torrente, dove mi ero gettato dietro di lei per bloccarla.

Mah, un sogno come un altro, dopo tutto.

Quando Francesca mi annunciò la visita di sua cugina caddi dalle nuvole, facendo finta naturalmente. Le dissi anche che era ora che mi facesse conoscere qualcuno appartenente al suo passato, perché volevo sapere tutto di lei.

Ogni volta che mi usciva una frase del genere, i suoi occhi si illuminavano e scambiavano il senso di possesso per qualcos'altro, forse per amore. Invece si trattava solo di quello, e di sospetto da fugare…perché sapevo benissimo con quale facilità l'avevo avuta.

Mi piaceva tantissimo e l'avevo voluta ad ogni costo, come ho sempre preso ogni cosa che mi piacesse davvero, ma l'amore è un'altra cosa. E' quel qualcosa per cui quasi tutti i miei pazienti vengono a piangere da me…e io li lascio fare, ovviamente, e li consolo e consiglio anche, perché quello è il mio lavoro e, in teoria, conosco tutti i sentimenti.

Per me esiste solo il bello e, quando lo vedo, lo afferro senza tutte quelle spiegazioni contorte che si danno i cosiddetti esteti, scomodando addirittura la filosofia per giustificare le loro esigenze: e vengono qui a parlarmi di come Bello (proprio con la B maiuscola) sia uguale a Buono (come sopra), eccetera, eccetera.

L'ex marito di Francesca era uno di quelli: mi chiedo come lo abbia potuto sopportare per venti anni: che noia le conversazioni con quell'uomo…ma, se volevo lei, quella era la strada.

Dicevo del bello, il mio bello: quando lo voglio, non mi

do mai la pena di calcolare di chi sia o chi abbia più diritto di me ad averlo.

E Francesca è bellissima.

Comunque, alle undici di quella mattina ho sentito suonare il campanello, mentre ero in bagno. Ci ero andato qualche minuto prima, perché non volevo essere presente all'incontro, a quel ritrovarsi dopo tanto tempo e, soprattutto, dopo un qualche fatto che non conoscevo. Sebbene la cosa mi incuriosisse un bel po', non volevo darlo a vedere; mi faceva rabbia che facesse parte del passato di Francesca, che credevo di avere completamente scandagliato; evidentemente, non era così.

Ecco irrompere un dettaglio nuovo, che Francesca mi aveva taciuto, mentre ero ormai certo di averle filtrato non solo le idee ma anche la capacità di produrle.

Le ho sempre ridotte così, le mie compagne; ma lei era il vero brillante al mio dito, da sfoggiare come le mie automobili, sempre di grande valore ma soprattutto vistose.

Morivo di curiosità perché Elena sarebbe stata, di lì a qualche minuto, la prima figura che emergesse davanti ai miei occhi dal passato di Francesca; al di fuori della sua famiglia, voglio dire, e del suo ex marito, che avevo conosciuto e derubato.

Curiosità all'ennesima potenza, niente altro; perché l'odio è arrivato al momento della nostra stretta di mano. Un odio feroce, che ho riconosciuto subito come dettato dal dovere ammettere la mia impotenza di plagio su di lei.

La sua stretta di mano aveva quell'energia positiva inconfondibile e così rara.

Appena avevo sentito il citofono mi ero eclissato

in bagno, anche per un altro motivo: per il mio amore spasmodico per la teatralità, con cui ho sempre ammantato la mia vita. Volevo fare colpo, arrivando come per caso, mentre le due donne sarebbero state impegnate in chissà quale conversazione, dopo tanti anni, ma con tutta la vita condivisa fino al momento del distacco, del trauma, del mistero.

Avrei origliato un po', prima di entrare in cucina, dove sapevo che Francesca avrebbe ricevuto la sua ospite un po' speciale.

Lei amava la cucina di casa mia, almeno quanto la amo io. Infatti, oltre al fatto che è comoda ed accogliente, Francesca sapeva che sono, tutto sommato, un pantofolaio e che ricerco il focolare domestico.

Sì, ho vissuto quasi tutta la mia vita rintanato nelle varie case dove ho abitato, cioè le mie tane, e dove ho attirato e costretto le mie compagne a vivere una vita estremamente ritirata. Una vita in cui loro dovevano solo occuparsi di me e condividere i miei ritmi da topo perennemente nascosto: naturalmente, tutto ciò ammetteva l'eccezione quotidiana delle mie e loro ore di lavoro. Per quanto mi riguarda, a differenza dei ratti, che almeno escono di notte, io lavoro anche in casa e, quindi, posso stare settimane senza uscire.

Con Francesca era perfetto, perché non lavorava; non ha mai lavorato, lei. Quindi, era completamente a mia disposizione, al mio servizio, direi; al punto che spesso mi sono chiesto come diavolo passasse le ore delle mie terapie, visto che non usciva più senza di me. E' vero che divorava i miei libri, con la fame di sapere tipica di chi emula qualcuno, per raggiungerne il livello.

La cucina è la parte che ho sempre preferito in casa mia, perché è lì che la cura di me si rivela nei vari aspetti sensoriali: il gusto, prima di tutto, ma anche l'odorato e l'occhio, che ho sempre voluto appagati al momento dei pasti.

E Francesca era semplicemente regina in cucina: cucinava benissimo, come tutte le altre, ma curava particolarmente la tavola; in un modo un po' eccentrico, devo dire, ma davvero eccezionale.

Quella mattina l'avevo vista tirare fuori le sue tazzine dalle forme strane e disporle su una delle sue tovaglie-non-tovaglie che facevano pensare all'opera di grandi stilisti, anche se la loro funzionalità era assolutamente inesistente.

Stupire: in quello non avevo dovuto educarla io, e non ne ero geloso, perché tutte le volte (cioè sempre) che stupiva qualcuno, immancabilmente, il complimento si spostava su di me, che possedevo un gioiello simile.

Tutti me la invidiavano, perché non passava di certo inosservata in nessuna delle sue manifestazioni.

In quello, il suo pigmalione era stato suo marito, che l'aveva scelta perché bellissima, molto più giovane di lui (abbiamo entrambi superato i sessanta, ormai), inesperta e per niente sicura di sé, nonostante il suo aspetto fisico.

Anche lui l'aveva alquanto modificata, a propria immagine e somiglianza, così come aveva sempre mirato a modificare situazioni, destabilizzando persone ed equilibri di gruppo, attirando in continuazione l'attenzione su di sé e sulle sue trovate "brillanti", fin da quando era uno studente; e ciò che brillava erano sempre i suoi soldi che, con ben poco sforzo da parte sua, lo distinguevano dagli altri studenti squattrinati.

Insomma, a forza di ripeterle che era bella e che qualsiasi cosa indossasse le stava meglio che a qualunque donna sulla faccia della terra, modelle comprese, l'aveva convinta; anche riguardo al diritto che lui le attribuiva di osare in tutti gli aspetti della loro vita, non ultimo l'arredamento.

Francesca, quando l'ho presa, aveva già raggiunto il livello di sicurezza in se stessa riguardo al suo valore e senso estetico, tanto da puntare tutto sulla sua bellezza, che secondo lei doveva irradiarsi su tutto ciò che la circondava.

Non sono mai stato geloso di quell'uomo perché, tanto, il gioiello gliel'ho rubato.

Tornando alla visita di Elena, la cugina ritrovata, ci tenevo a fare una delle mie solenni entrate in scena, in cui la mia mancanza di formalità conquista sempre tutti, unita al mio aspetto un po' particolare.

Sì, perché credo di non passare inosservato neppure io, con la mia testa completamente rasata e i miei occhi neri penetranti, su un naso che non definirei greco né aquilino, ma semplicemente importante.

Mi vesto in modo sportivo, perché ho scelto di vivere comodamente ed in modo incurante delle formalità, cioè degli altri.

E mi piace fare colpo.

A tale fine mi lascio sempre precedere dalla fama della mia professione, cioè dello strizzacervelli, che esercita sempre fascino e suscita soggezione.

Avevo sentito Francesca, al telefono, dire a Elena che sono uno psichiatra: metà del gioco era fatto. Potevo entrare in cucina come se ci capitassi per caso, anche se Francesca mi aveva detto della visita che aspettava e aveva aggiunto:

- Non vedo l'ora di presentarti a Elena: sei così diverso da Massimo e so già la faccia che farà.-

E invece, quando sono entrato in scena, non c'era alcuna sorpresa né soggezione in quegli occhi verdi. Solo un misto di grande educazione, espressa anche dal modo di porgermi la mano, e della cordialità con cui accoglieva la nuova presenza nella vita di sua cugina.

L'ho già detto, l'ho odiata immediatamente.

Era perfettamente a suo agio e interessata a conoscermi, come lo sarebbe stata anche se fossi stato un bancario o un medico con qualsiasi altra specializzazione, più banale voglio dire.

Ho sentito subito che era immune dall'influenza che lo strizzacervelli esercita su tutti: immune, cioè, da quel fastidio procurato dal sentirsi analizzati da uno sguardo esperto e penetrante nel vero senso della parola; dal nostro sguardo capace di denudare un'anima.

Niente di tutto questo in Elena; e mi è stato chiaro dal primo momento, sentendo quella stretta di mano forte e leale e vedendo quegli occhi che, maledetti loro, penetravano nella mia, di anima.

Lo so bene che un elemento così, quando te lo ritrovi in un gruppo di terapia, per esempio, è capace di buttarti giù tutto il castello che ti sei costruito intorno, credendolo forte; plagiando le altre presenze a tuo piacimento e a tua immagine.

Per il momento, una serpe si stava insinuando nella mia

vita privata: ero abbastanza esperto per capire che il veleno che vi avrebbe inoculato sarebbe potuto essere l'antidoto balsamico al mio, di veleno. Ed era già tutto lì, in quegli occhi di smeraldo, puri come un diamante.

Come ho appena detto, un elemento così fa veramente vacillare mura innalzate con maestria certosina in anni di lavoro. E il mio castello era fatto di carte da gioco: avevo giocato per tutta una vita, o meglio dovrei dire che avevo sempre barato, dai tempi dell'università, della mia laurea tanto osannata in famiglia, dei viaggi di studio per specializzazioni e di pratica negli Stati Uniti, durante tutta la mia carriera.

Il mio gioco da baro non si è mai interrotto. Ma nessuno lo sa.

Soprattutto, baravo e baro con i miei pazienti e con le mie compagne, che incontro su livelli diversi, naturalmente... anche se, qualche volta, i due piani si sovrappongono, a causa di qualche mio discutibile controtransfert.

Mi riesce così facile incantarli, manipolando le loro menti e i loro cuori con l'abilità di cui sono sempre stato dotato. Devo ammettere che su questo punto le mie capacità professionali si prestano a discussioni; ma è altrettanto vero che le mie doti di intuizione e penetrazione sono sempre state il gioiello vero, l'unico, nella mia vita di mistificatore.

Non volevo che questa intrusa minasse gli effetti di un dono tanto raro e ne inficiasse il magico potere.

Che tutto questo sarebbe successo se non fossi stato pronto a neutralizzarla, l'ho capito stringendole la mano e guardandola in viso: mi ritrovai a dover distogliere i miei occhi dai suoi; io, che non li stacco di dosso a nessuno, fin quando non sia lui o lei a farlo. Sono così con pazienti, amici, conoscenti o estranei che siano; perché uno sguardo che penetra intacca l'essenza dell'Io che si ha di fronte, il quale si sente quasi sempre nudo, perché denudato realmente o solo minacciato di esserlo, dal potere supposto negli occhi dell'esperto, che è invece e spesso semplice sfrontatezza e inganno.

Lei appariva così serena, anche se un po' elettrizzata per la cugina ritrovata, e così totalmente interessata al semplice fatto che io e Francesca stessimo insieme, da non tributare alcun omaggio particolare alla mia professione. Mi ha subito chiamato per nome, anche se ha esordito dandomi del lei, subito corretta da Francesca.

Del "Piacere, Dottore", che mi aspettavo, neppure un vago tentativo.

Ho anche detto che ho letto immediatamente, nella sua mano e nei suoi occhi, la mia impossibilità di procurare in lei un transfert nei miei confronti: ho sentito che mi sarebbe stato impossibile, anche lavorandoci su.

Dovevo neutralizzarla, nell'attesa di allontanarla al più presto; senza però insospettire Francesca.

Quella mia decisione diventò il mio chiodo fisso per mesi, direi per un paio di anni, in cui lavorai perché la nostra frequentazione, che cominciò subito, si allentasse sempre di più.

Loro due erano state molto felici di ritrovarsi e Francesca mi aveva sorpreso con la prontezza con cui si era rituffata nella vecchia situazione di parentela e amicizia.

Stavamo insieme da due anni, infatti, e le sue voglie

iniziali di continuare a fare vita sociale e di andare per negozi erano ormai praticamente finite. Ci avevo lavorato tanto.

E invece, le sentii progettare di andare insieme all'outlet e di fare anche un salto a "quel mercato", dove erano solite andare fino a dieci anni prima; per vedere se c'era ancora e se i capi venduti lì fossero sempre originali.

Ma di questo parlarono solo appena prima che Elena se ne andasse.

Per due ore non avevano fatto altro che ragguagliarsi sulle rispettive vite, visto che il vuoto da colmare non era di pochi giorni o di qualche mese. Ma non c'era stato neppure un accenno al momento della rottura.

Notai subito che Elena lasciava molto spazio ad una Francesca insolitamente loquace, felice come era di sfoggiarmi, mentre lei le dimostrava un interesse sincero alla sua nuova "dimensione", come la definì subito.

Quel termine mi dette molto da pensare, perché definiva in modo leggero, ma con grande precisione, la nuova situazione esistenziale di Francesca: con quella parola Elena aveva dimostrato la sua percezione del totale cambiamento di sua cugina, prima di tutto nel vivere quotidiano, ma anche nel modo di attraversarlo.

Si erano lasciate, a quanto mi riusciva di capire, in un momento in cui Francesca era immobilizzata in una palude senza stimoli, anche se senza apparenti pene o problemi, accanto ad un uomo in perenne stato di contagiosa insoddisfazione.

Sapevo anch'io che insieme a lui Francesca aveva rincorso sogni di studi universitari, di collezionismo di opere d'arte, di barche e di brillanti eventi sociali; che tutti e due si erano sempre fermati dopo le prime mosse entusiastiche verso mete irraggiungibili per le loro modeste doti di perseveranza. Sentii Francesca attribuire la maggiore responsabilità di tutto ciò a Massimo e Elena affrettarsi a condividerne l'opinione; ma non so se ne fosse convinta.

Le due mi sembravano infatti totalmente diverse e che Elena fosse dotata di una personalità decisa e perseverante mi saltò subito agli occhi.

Tutto l'opposto Francesca, che avevo catturato a suo tempo come se fosse una farfalla: nel periodo in cui le nostre due coppie si erano frequentate, volava da un interesse all'altro, concentrandovisi su per qualche mese, spendendo soldi per attrezzature necessarie allo scopo e sempre delle marche più prestigiose e costose.

Il tutto, per metterle via di lì a poco, in qualche angolo della grande casa in cui viveva con suo marito; quasi sempre in quella enorme stanza che aveva adibito a proprio studio. Per studiare cosa o per lavorare in quale campo, avevo sempre faticato non poco a capirlo.

Una delle prime attrezzature del genere, "necessaria e indispensabile", a finirvi dentro era stato il magnifico tavolo da disegno, adatto al talento e alla mole di lavoro di un architetto affermato. Ne aveva immediatamente sentito un bisogno assoluto, appena si era iscritta alla facoltà di architettura, dopo circa dieci anni di matrimonio.

Devo dire che mi aveva impressionato un bel po', quel tavolo, troneggiante davanti alla grande vetrata che dava sul prato degradante dalla casa, a perdita d'occhio, giù per la collina, fino al maneggio di loro proprietà e che costituiva l'attività primaria di Massimo al momento. Purtroppo, gestire un grande centro come quello gli risultò più difficile delle sue lunghe passeggiate a cavallo, che tanto avevano intrigato Francesca, e non solo lei.

Quando l'ho conosciuta, Francesca aveva già abbandonato l'università, dopo il primo anno, in cui non aveva dato neppure un esame e si era stupita di come fossero banali le lezioni.

C'era stata la stessa fiammata d'entusiasmo per la collaborazione alla creazione di modelli con una sua amica stilista e per quella con un loro conoscente artista-artigiano affermato nel campo del ferro battuto.

Poi si era interessata alla new age più trita, avvicinandosi alla tanta pseudopsicologia da divulgazione leggera, per approdare poi a quella seria, con la P maiuscola, del momento in cui ci eravamo incontrati. Era diventata una mia paziente.

Contemporaneamente ci frequentavamo al di fuori del mio studio, con i nostri rispettivi partner: suo marito e la mia compagna di allora, anche lei mia ex- paziente.

Quella frequentazione a quattro andò avanti almeno per un anno, ma io me la ero messa in testa dal primo momento in cui l'avevo vista, ad una cena in casa di amici.

Era entrata, seguita a due passi di distanza da suo marito, quando stavamo per sederci a tavola. La ricordo come se fosse ora, quella giovane donna elegantissima, che avrebbe anche potuto presentarsi con un saio addosso, tanto la sua bellezza eclissava tutto il resto. Ricordo la luce azzurra che mi colpì, perché era vestita in quei toni, che mettevano in risalto il suo incarnato chiaro e i capelli biondi che le arrivavano alle spalle, alla Greta Garbo, per capirci.

So perfettamente che decisi in quel momento di appropriarmi di quel gioiello. Ma sapevo anche che avrei agito con prudenza, la mia usuale prudenza in casi del genere.

Non ho mai dato inizio ad una nuova relazione preoccupandomi di avere chiarito la situazione con quella del momento; cioè non ho mai lasciato nessuna di loro, senza averne un'altra pronta per la sostituzione. Quindi, non mi sono mai fatto avanti con la nuova, rischiando di ritrovarmi senza la precedente ancora a casa.

Un modo come un altro di mantenere il focolare domestico sempre caldo, anche se non proprio scoppiettante nei momenti di transizione, perché ho già detto che amo la casa e il focolare in modo un po' anomalo per un uomo.

Infatti, solo immediatamente dopo aver cominciato il mio rapporto fisico altrove, interrompo completamente la relazione con la compagna ufficiale del momento; la quale si ritrova già in grande perplessità riguardo alla fine del mio desiderio nei suoi confronti: sono un vero monogamo, nel profondo dell'animo mio.

Oltre tutto, questa mia tattica fa sì che la perplessità diventi rabbia, al momento della chiarificazione, e il mio compito ne risulta facilitato perché lei, per orgoglio, fa fagotto e se ne va. …Più facile di così, si muore. Ecco cosa significa saper toccare i punti deboli delle persone e sfruttarli a proprio favore. Ma per farlo bisogna conoscere profondamente tutti i moti dell'animo umano.

Paola Pica

Per fortuna, però, Francesca non aveva orgoglio... neppure dignità.

Quindi, non correvo alcun pericolo di avere la casa momentaneamente fredda, finchè non fossi stato sicuro che l'altra candidata al mio letto fosse quella giusta. Fingeva di non accorgersi di niente e credo che si raccontasse una delle sue favole che la vedevano protagonista di una storia in cui lei era assolutamente indispensabile al suo paladino dai bollenti spiriti un po' affievoliti dall'età.

Oltre tutto, non avrebbe saputo dove andare, a differenza delle altre, tutte in possesso di una casa o, almeno, di un lavoro con cui vivere.

Ma commisi quell'errore di valutazione e Elena contribuì notevolmente ad affrettare i tempi della sua dipartita. Risultato: quella volta ci fu un periodo di vuoto, di interregno, nel mio focolare domestico.

Tornando alla visita di Elena, quella mattina d'inverno all'inizio del mio terzo anno di vita con Francesca, questa fu felice di sentire sua cugina dirle che si trovava di fronte una Francesca totalmente diversa, più decisa e serena, più convinta (furono le sue parole) riguardo alla sua nuova scelta di vita. Con questo giudizio dimostrò immediatamente doti indubbie di percezione e sensibilità, anche se non poteva ancora immaginare tutto il lavoro di manipolazione a cui mi ero dedicato in quei due anni.

Ma sapevo già che ci sarebbe arrivata...e nemmeno con tempi lunghi, visto l'acume che percepivo in lei e che mi stava subdolamente agitando.

Perché lì l'esperto in comprensione del conscio e dell'inconscio dovevo essere io ed io soltanto. Tanto più che ritenevo, tutto sommato, positiva la stabilità che avevo fatto raggiungere a Francesca, che da farfalla era diventata un topo come me. Anche Elena diceva che appariva felice, no? Lo era.

Questa Francesca nuova di zecca per Elena espletò al suo meglio i convenevoli della perfetta padrona di casa, con caffé e cioccolatini (è una maniaca del cioccolato), ed io mi barcamenai nella conversazione per un po'; ma era tutto così banale, niente che alludesse alla rottura di dieci anni prima. Forse non ne avrebbero mai parlato in mia presenza, pensai. Architettai in fretta un piano, anzi decisi di usare quello mio solito di origliare appena oltre la porta della cucina, dopo essermi scusato di doverle lasciare, a causa di una telefonata urgente.

Era già tutto collaudato: dovevo appiattirmi contro il muro e assicurarmi che il piccolo lume sulla consolle dell'ingresso non proiettasse la mia ombra sul pavimento.

La lampada infatti era accesa, visto che era una mattina d'inverno particolarmente uggiosa, quasi buia.

Loro rimasero lì, sedute al tavolo, piluccando cioccolato nelle forme più diverse, che Francesca aveva disposto nelle "sue" coppette Liberty, appartenute alla nonna di Massimo.

Prima che uscissi mi chiese se volevo l'altro caffé che stava preparando e, al mio rifiuto, mise su uno dei suoi bronci da gattina e mi dette un bacio tra bocca e guancia, mentre mi allontanavo dicendo di dovermi affrettare per la telefonata.

Riuscii a posizionarmi in modo tale da sentire chiaramente le loro voci:

- Dai, dimmi subito come ti senti in questa nuova situazione e se sei felice veramente.-

- Lo sono, lo sono davvero. Mi sento diversa; sono diversa, non trovi?-

- Io ti vedo solo più magra che mai. Forse un po'troppo, direi. Ma sei bellissima,come

sempre, e poi gli occhi…ti brillano come non ricordo di averli mai visti brillare.

Sembri al settimo cielo. Non di certo come li ho visti l'ultima volta, in barca,quando

non so che cosa ti era preso. Me lo sono chiesto per tutti questi anni.

- Va be', va be'. Ferma lì, non ne voglio parlare. Comunque, al settimo cielo, lo sono.

Con Marco ho trovato tutto quello che sono andata cercando per una vita. Lo amo

e lui sta come me, credimi. Non potremmo stare meglio.-

Stavo riflettendo con rabbia sul fatto che Elena fosse anche diplomatica, visto che non insisteva sulla storia della barca, rispettando la volontà di Francesca, quando questa disse improvvisamente:

-Ma aspetta un momento,voglio prendere dei tovagliolini di carta dalla credenza allo

ingresso. E' proprio qui fuori.-

Mi affrettai a sparire dentro la stanza attigua alla cucina e meno male che la giornata

orribile non consentiva a nessuno di stare sulla terrazza comune ai due ambienti.

Elena andò via di lì a poco più di una mezz'ora e

Francesca venne a cercarmi al piano di sotto, dove ero seduto sul divano del salotto-studio.

Mi trovò assorto nella lettura di uno dei miei libri. I miei libri…se li divorava, ne imparava a memoria alcuni tratti, per poi snocciolarmeli pateticamente nelle nostre conversazioni a due e, soprattutto, facendo lo stesso durante gli incontri del nostro gruppo di terapia.

Io la lasciavo fare, perché quella era soltanto un'altra tessera del grande mosaico del plagio a cui stavo lavorando: il processo di identificazione è lento e richiede pazienza, oltre che tempo. E' come la formazione di un feto, da cui deve svilupparsi una nuova persona, fatta ad immagine e somiglianza del più forte dei due. Non si tratta solo di atteggiamenti e "posture" della mente, imposte razionalmente dal di fuori. Deve essere il più debole a sceglierle (a credere di farlo), a farle sue, nel disperato bisogno di somigliare all'altro, cioè al modello in cui si è man mano identificato.

A tale proposito, ho sempre ritenuto che basti conoscere il punto debole di una persona, per farne ciò che si vuole; e il punto debole di Francesca, che conosceva ormai perfettamente le proprie doti fisiche, era il bisogno spasmodico di dimostrare a se stessa che i suoi fallimenti negli studi e nella pretesa di avere una professione senza un titolo fossero ben poca cosa, per una mente pronta come la sua…cioè come la mia.

Però, mentre svolgevo assiduamente tutto questo lavoro sotterraneo, commisi un errore, il mio fatidico errore di valutazione di una situazione, in cui Elena avrebbe avuto un ruolo determinante.

Di lì a un paio di mesi, in occasione di un pranzo a casa sua, dove Francesca mi aveva trascinato contro la mia volontà (nelle piccole cose le ho sempre fatto credere che fosse lei l'elemento portante nella nostra coppia, così come si dà una caramella ad un bambino, per tenerlo buono), mi lasciai scappare la frase di poco fa, cioè che basta conoscere il punto debole di una persona, per farne ciò che si vuole.

Un professionista nel mio campo non dovrebbe mai asserirlo; e tanto meno avrei dovuto farlo io, in quella circostanza.

Nonostante tutte le mie intuizioni riguardo alla sensibilità di Elena, non mi ero mai reso conto della sua sensitività, cioè della sua facoltà di percepire anche le intenzioni più segrete di chi le stesse davanti.

Francesca era andata in bagno e noi eravamo ancora intorno alla tavola, con gli altri due amici di Elena, che Francesca aveva spesso sentito nominare nella loro "precedente" vita.

Ricordo quella mia leggerezza come un passo falso che non avrei mai dovuto fare e di cui, al momento, non realizzai la gravità. Come ho potuto essere tanto sciocco da pronunciare quella frase proprio rivolgendomi a Elena? Dopo che non le avevo mai rivolto la parola, neppure per complimentarmi per la sua ottima cucina?

Per la mia sventatezza, dovuta evidentemente ad un mio abbassamento involontario della guardia per motivi che non so spiegarmi, inficiai per sempre l'esito di quella che era la mia tattica per allontanarla, per non farla penetrare più di tanto nel rapporto mio e di Francesca.

Ho collaudato con successo questo metodo di

allontanamento del nemico e continuo a servirmene ogni volta che trovo sgradevole la compagnia di qualche nuova conoscenza. Ovviamente, con i pazienti è diverso, li sopporto anche bene, visto che mi pagano, anche se alcuni li strozzerei.

Con questo mio modo di fare, la persona in questione, non sentendosi bene accetta, entra in uno stato di insicurezza che non la fa avanzare o, addirittura, la fa retrocedere, se la conoscenza con noi si è già un po' approfondita.

Ecco come sono sempre riuscito ad isolare la mia vita di coppia dal resto del mondo.

Quella domenica a pranzo io mi ero sempre rivolto agli altri due ospiti e a Francesca, anche per esprimere mie opinioni sollecitate da interventi di Elena.

Devo dire che mi aveva dato filo da torcere perché, come se avesse intuito il mio proposito, era stata a questo gioco sottile, senza neppure guardarmi con l'aria di rimprovero di chi si è accorto di avere alla propria tavola un gran cafone.

Quando Francesca si è scusata di dover abbandonare per un attimo l'interessante conversazione, la lei dell'altra coppia aveva da poco parlato di quanto sua figlia, ormai trentenne, si rivelasse vulnerabile in tutte le sue storie d'amore e di come ne uscisse sempre malconcia. Suo marito si era unito a lei, aggiungendo che perfino un mentecatto come l'ultimo ragazzo che gli aveva portato in casa era riuscito a farla soffrire.

Prima di assentarsi, Francesca aveva espresso la sua idea di come in ogni unione si continuino a ripetere sempre gli stessi errori senza che le persone imparino un gran che dalle proprie storie precedenti. A meno che, aveva aggiunto con uno sguardo caldo verso di me, non si abbia la fortuna di incontrare, ad un certo punto, qualcuno "completamente compatibile" (lo aveva rimarcato con il tono di voce più intenso), che finalmente ci induca a non compierli di nuovo.

Così era cominciato un piccolo dibattito sull'interpretazione di "compatibile": voleva dire "complementare"? O forse il termine alludeva semplicemente alla capacità di uno dei due di accettare tutto dell'altro, pur di non perderlo?

- No,- aveva detto con foga Elena - quello sarebbe un atteggiamento non sano, addirittura masochistico.-

Ed era stato a quel punto che Francesca aveva dovuto correre in bagno, per controllare allo specchio il danno di una spina di pesce alla gengiva. Ma niente di grave; quindi nessuno ci fece molto caso e la conversazione andò avanti.

Proprio in quel momento io stavo per esprimere il mio parere di esperto in materia e, forse proprio perché Francesca non era presente, non mitigai le parole e, rivolgendomi a Elena, affermai con decisione:

- La "compatibilità" di coppia non esiste, perché gli individui mutano con il cambiare delle situazioni e l'unica ragione per la quale alcune coppie sembrano funzionare è che uno dei due possiede la pura e semplice capacità di individuare i punti deboli dell'altro e di lavorarci su a proprio vantaggio.-

Fu questione di una frazione di secondo: realizzai la durezza della mia asserzione, la corressi aggiungendo:

- Intendevo a vantaggio della coppia…naturalmente .- Ma era troppo tardi, perché il tono che avevo usato non era stato quello neutro del professionista che espone una teoria e la critica negativamente, visto che non sta trattando un paziente. Mi ero, invece, infervorato, come se stessi parlando di me.

Gli altri due non sembrarono notare nulla di tutto quello che, invece, le antenne di Elena captarono; e la cosa insolita, per me che sto sempre in guardia, fu che lì per lì fui sicuro di avere rimediato alla mia mancata valutazione di chi avevo davanti.

Sarebbero dovuti passare circa due anni, per accorgermi che Elena mi aveva scoperto da quel giorno nel mio gioco sporco con la mente di Francesca. Ne sarei venuto a conoscenza spiando una delle loro telefonate, nel momento dell'epilogo della mia storia con Francesca, così doloroso per lei e a suo completo sfavore.

CAPITOLO II

L'ERRORE DI VALUTAZIONE DI MASSIMO

Ho da poco superato i sessanta e sto pagando il più grosso errore di valutazione della mia vita, commesso più di trenta anni fa e al quale ho cercato di rimediare togliendomela, questa vita assurda che non mi appartiene, che non è più l'esistenza dorata in cui sono nato e cresciuto.

Sono in un letto di una clinica privata, dove mio fratello ha voluto ricoverarmi, addossandosi tutto l'onere delle spese. Non avrei potuto oppormi neppure se lo avessi voluto, perché ero incosciente e in grave pericolo di vita, dopo il colpo calibro ventidue che mi ero sparato al cuore. Così credevo, almeno.

Un errore non si rimedia commettendone un altro ancora più grossolano. Non avrei dovuto mancare il bersaglio.

Ho troppo tempo per pensare, adesso che anche la sedazione è stata diminuita, dopo che mi hanno fatto uscire dal coma farmacologico.

Saranno proprio i farmaci, ma la sto rivedendo tutta, questa vita scellerata.

E' strano: quando mi sono reso conto che stavo pensando da sveglio e non sognando né tanto meno vivendo "altrove", dopo il temuto tunnel, il primo pensiero che ho avuto è stato quello di dover occultare l'arma con cui mi ero fatto del male, convinto di averla accanto a me, sul pavimento del soggiorno di casa mia e che fosse bene farla sparire.

Era per alleviare la vergogna enorme che ho provato per non esserci riuscito, per essere ancora vivo, per dover subire l'onta di avergliela data vinta ancora una volta, a quella stronza, che adesso sarà sicura che ho fatto tutta questa messa in scena per lei, perché ritorni da me. Quella sì, che sarebbe una vera maledizione.

Lo so che, se ci fossi riuscito, la sua vittoria sarebbe stata ancora maggiore...ma, da morto, la cosa non mi avrebbe più toccato.

E invece, eccomi qua, impossibilitato a muovermi per chissà quanti altri giorni, visto che il proiettile non ha colpito il cuore ma ha sfiorato la colonna vertebrale, senza ledere il midollo ma mettendomi in pericolo di paralisi completa degli arti superiori.

Mi ci mancherebbe solo questo, visto che devo vivere.

Adesso cominceranno le domande: "Perché l'hai fatto?", "Perché hai continuato a

tenere armi in casa?" e così via.

E' semplice: l'ho fatto perché non volevo più vivere e tenevo, anzi tengo, armi in casa perché sono un collezionista.

Lo sono sempre stato, da quando ero una matricola all'università e andavo armato perfino alle feste di compleanno. Tanto per fare scena, naturalmente; specialmente con le ragazze. Come quella volta con la cugina di Francesca, che non credeva che ci fosse un colpo in canna.

Era una ragazzina di quindici anni; io ne avevo quasi dieci di più e non sapevo ancora che avremmo avuto una storiella, tra qualche anno.

Ma chi se ne frega di questi ricordi…anche se, in fondo, sono pure piacevoli, perché appartengono alla mia vita prima di incontrare Francesca…e di rovinarmi.

Ho sempre ricercato il meglio, ma soprattutto il bello; e la bellezza femminile mi ha portato letteralmente alla rovina.

Ho avuto per le mani una escalation di buoni partiti ed erano tutte ragazze carine, i cui genitori, specie le madri, facevano a gara per accaparrarmisi. Ho sempre dovuto stare molto in guardia, per non ritrovarmi fidanzato ufficialmente e a mia insaputa, o quasi. Ricordo che l'unica che non mi portò a casa per conoscere i suoi (comincia sempre così) fu proprio Elena, la cugina di Francesca. Ma quello è stato dopo qualche anno, rispetto alla festa dello sparo.

Me la fossi tenuta, invece di lasciarla in malo modo per quell'altra ragazza, meno carina di lei ma con la fretta di legarmi e quindi pronta a cedere su tutto. Erano altri tempi e le ragazze ancora si distinguevano in serie e meno serie.

Se penso a quanti interessi in comune avevo con Elena, adesso mi do dello stupido; così come me lo sarei dato in seguito, per tutto il tempo in cui vedevo Francesca allontanarsi da me, man mano che diminuiva il numero dei suoi desideri che potevo permettermi di esaudire.

Con Elena parlavo anche di libri; cosa di cui casa di mia madre è sempre stata piena e che lei insistentemente ci spronava, i miei fratelli e me, a leggere. Erano soprattutto libri della letteratura mondiale e, se è vero che i miei studi universitari sono stati un grosso fallimento, lo è altrettanto il fatto che quella è stata parte integrante della mia vita. E devo a mia madre tutto ciò. E, viste le circostanze, adesso mi viene in mente che è come se fosse stata lei e non la Bronte a dire la famosa frase "Il cuore umano è come la gomma: pochissimo basta a gonfiarlo, e moltissimo non riesce a farlo scoppiare. Se poco o più che nulla lo turba, ci vuole poco meno che tutto per spezzarlo".

Frase, questa, che come nessuna si adatta a compendio della mia vita scelleratamente intensa; anche se il cuore volevo farmelo saltare con una pallottola...ma solo perché era già scoppiato per il dolore che Francesca gli aveva dato.

Tornando alla letteratura,anche questo interesse mi avrebbe potuto legare ad Elena; e, un bel po', mi ci ha legato, quando con la sua proverbiale ragionevolezza è rimasta nostra amica, mia e di Francesca, nonostante il comportamento che avevo tenuto in passato nei suoi confronti.

Lei, un buon libro non lo sceglie per la copertina patinata e rigorosamente nera delle riviste d'arte che Francesca ha sempre disseminato nella nostra casa.

- Appagano il mio senso estetico, come oggetti - era solita dire; e me lo ripetè anche in quell'ultima orribile discussione che avemmo, in presenza del nostro amico strizzacervelli e della sua compagna.

Quanto alla letteratura, appunto, che si trattasse delle sorelle Bronte, di Baudelaire o di un romanziere italiano vivente, erano tutti scrittori di storielle, in prosa o in versi, adatte a ragazzine sognatrici, secondo lei.

- Come si fa a interessarsi alle storie di sentimenti e a tutta quella roba lì? Io non sto mica nella mente degli altri…e non me ne frega niente di quello che provano"- era solita ripetere, quasi ogni volta che mi vedeva con un libro di narrativa o di poesia in mano. E mi ci vedeva spesso.

Perché mi sia tornato in mente tutto questo, non lo so. Stavo ripensando a Laura, quella che per avermi mi teneva con il sesso…Comunque, neppure lei riuscì nello scopo di accasarsi con me, perché di lì a qualche mese fui invitato alla festa per i diciotto anni di un'amica di mia sorella piccola e non la portai con me.

Credevo di non conoscere la festeggiata e non volevo neppure andarci (e magari non lo avessi fatto), perché immaginavo che sarei stato un matusalemme isolato, fra adolescenti o poco più.

Invece fu una serata eccezionale, e non solo dal punto di vista del divertimento, purtroppo per me, alla quale erano stati invitati anche gli amici del fratello di Francesca, quello che studiava in Svizzera e aveva, grosso modo, la mia età. Ma non sapevo nemmeno questo, prima di andarci.

C'era anche Elena; e scoprii in quell'occasione che Francesca era la sua cuginetta bellissima e un po' più piccola di lei, di cui mi aveva parlato ai tempi in cui uscivamo, aggiungendo che non me l'avrebbe mai presentata, perché io l'avrei di sicuro rovinata. Ricordo che cominciò una delle nostre schermaglie gustosissime; perché Elena ha sempre avuto un bel senso dell'umorismo e mi piaceva anche per questo. Le risposi che le minorenni non mi interessavano, perché non volevo problemi, e che se lo tenesse pure nascosto quel gioiello che lei pensava potessi rovinare. E invece…fu Francesca che rovinò me.

Quella sera assistetti alla prima delle sue entrate

mozzafiato, in una grande stanza, dove tutti stettero per qualche secondo zitti, letteralmente senza fiato, per poi scoppiare in un applauso fragoroso alla festeggiata.

Rimasi frastornato per un paio di secondi, cercando di ricordarmi se quella giovanissima dea bionda mi fosse già comparsa in sogno o se non l'avessi già incontrata in questo mondo.

Con il suo abito lungo color pervinca, dal taglio di maniche all'americana, che le scopriva appena le spalle e lasciava intuire un decolleté degno del prezioso e raffinatissimo girocollo di brillanti che le avevano regalato i genitori per l'occasione, non riuscii subito ad identificarla con l'elegante amazzone che mi era comparsa al maneggio, nella nuvola di polvere d'oro dei suoi capelli contro il sole. Credo che tutti i presenti di sesso maschile fossero stregati da quella apparizione, che non aveva niente di artefatto o di eccessivo: l'abito era di una semplicità ed eleganza adatte sia alla giovane età di chi lo indossava sia alla circostanza.

Era bellezza allo stato puro. E buon gusto.

Per me le due cose sono sempre andate di pari passo, perché ritengo che esse si integrino completamente. Sono un esteta, per il quale perfino il sesso viaggia su quel doppio binario. Non capisco gli uomini che acchiappano tutto, dicendo che si sentono cacciatori come il proverbiale loro simile e che ogni preda va afferrata al volo, senza essere schifiltosi. Invece, vuoi mettere il gusto di afferrare una bella volpe, in confronto alla classica pollastrella da cortile?

La mia rovina è cominciata quella sera, alla festa per i diciotto anni di Francesca, dove ho immediatamente cominciato a corteggiarla, nonostante la sua iniziale ritrosia, dovuta alla sua grande timidezza. Ma fu proprio quest'ultima a tradire il suo interesse per me, ragazzo molto più grande di lei, esperto e ricco. Ogni volta che i nostri sguardi si incontravano, la sua pelle diafana non poteva schermare il rossore di piacere che le si diffondeva dal collo al viso, mentre distoglieva immediatamente gli occhi e non mi sorrideva.

Sapevo da mia sorella che in classe con lei c'era una ragazza bionda, molto carina e molto poco socievole. Mi diceva che guardava un po' tutti dall'alto in basso e la definiva stronza e antipatica: era Francesca.

Per me fu subito chiaro che avevo a che fare con un fiore ancora da cogliere e trovavo affascinante la lieve goffaggine del suo passo e il suo arcuare un po' la schiena, per non mettere in evidenza il seno prorompente. Adesso so che se l'avessi lasciata nella propria insicurezza, invece di plasmare il suo ego come Pigmalione, me la sarei goduta solo io, nel nostro privato.

Invece, di lì a poco, avrei cominciato a commettere una serie di errori (in effetti, sempre lo stesso e derivante dal mio errore di valutazione primario), che avrebbero permesso a Francesca di mettere le ali, prima per svolazzare un po' intorno a noi e poi per spiccare il volo, anche se in un lontano futuro.

Capii subito che l'ambiente da cui proveniva era dei più esclusivi, di certo per possibilità economiche, ma non meno per capacità di autoisolamento dalla gente comune, normale, ritenuta da loro ordinaria.

Ma mi fu subito altrettanto chiaro che la mia fama, come

al solito, mi aveva preceduto e che, quindi, quella sera non ci sarebbe neppure stato bisogno di sfoggiare la mia auto d'epoca, parcheggiata nel grande cortile antistante la villa, da cui ero sceso con incedere regale, seguito dalla mia sorellina che incespicava sugli insoliti tacchi alti.

Il giorno dopo la festa, all'ora dell'uscita, ero fuori della scuola di mia sorella, con l'intenzione di offrire un passaggio verso casa anche a Francesca, se le circostanze me lo avessero consentito.

Accettò con il solito rossore e con quella luce di interesse negli occhi grigi, distolti immediatamente dai miei.

Ero con il gippone del maneggio, ma tirato a lucido per l'occasione. Avevo curato anche l'interno, naturalmente: il legno del cruscotto brillava e la pelle dei sedili aveva il ricercato aroma campestre e di cera dello spray che avevo detto allo stalliere di turno di usare.

Per tutto il tragitto, che riuscii a far durare una quarantina di minuti, Francesca non proferì altre parole, oltre a :

-Un'altra macchina…e bella quanto quella di ieri".-

La lasciammo davanti al cancello della villa, dopo che le due ragazze si furono accordate per incontrarsi nel pomeriggio davanti al cinema.

Immediatamente mi attivai mentalmente, decidendo di offrirmi di risparmiare a mia madre l'ennesima andata in centro, per accompagnare mia sorella.

E di sfoggiare la mia moto GT.

Francesca fu molto più loquace questa volta e, dopo che ebbi spento il motore, esclamò immediatamente:

-Quando mi porti a fare un giro con questa?!-

-Quando vuoi.- fu la mia risposta, data con studiata nonchalance, causa ed effetto della mia sicurezza di avere ormai fatto colpo su di lei.

Piovve per tre giorni ininterrottamente e così, niente giro in moto. Ci mancò poco che non mi mettessi a fare la danza della pioggia, per propiziarmi il cielo.

Ma non ce ne fu bisogno, perché al quarto giorno potei andare in moto a prendere mia sorella a scuola. Splendeva un sole quasi innaturale, in un cielo terso come non mai: o forse ero io a vederli così, tanto li avevo desiderati?

Aspettando sotto la scalinata, lasciai il motore acceso e detti anche un po' di gas, perché rombasse un po'. Ed eccole lì, tutte e due, venire giù a precipizio e sorridenti verso di me: mia sorella già pronta a balzare sul sedile posteriore e Francesca, non arrossendo affatto, a dirmi:

- Oggi c'è il sole. Alle tre davanti al cancello di casa mia".-

Di un "Ti va?", "Sei libero?", "Se puoi", neppure l'ombra. Mi viene in mente adesso, per associazione di idee, la frase che un amico, coinvolto per un periodo in una storia disastrosa per lui con la sorella di Francesca, mi avrebbe detto circa venti anni più tardi, subito dopo la rottura del mio matrimonio con lei, cioè non più di un paio di anni fa: "Non sapevi che le sorelle Busi prendono sempre, senza chiedere mai?". E aveva usato il cognome, ne ero e ne sono certo, per riferirsi all'eccessivo senso di superiorità della famiglia. Aggiungo adesso che non mi sono, perché non lo ero, mai sentito inferiore a loro e che, quindi, la battuta amara del mio amico non mi aveva impressionato più di tanto, nonostante il dolore e la rabbia.

Allora, tornando al racconto di noi tre fuori della scuola, non ci feci caso, stupidamente inorgoglito e contento che mi avesse risparmiato la fatica di dover essere io ad invitarla a fare il famoso giro in moto.

Non sapevo da dove le venisse quel tono deciso (ma lo so adesso) e lo attribuii al bisogno adolescenziale di apparire matura e di nascondere la propria insicurezza.

Del resto, lo vedevo ogni giorno con mia sorella, che si procurava continui rimproveri da nostra madre, con il suo non anteporre mai un "per favore" alle sue richieste e di non dire mai "grazie", dopo che queste erano state esaudite.

Il giro in sé non fu niente di particolare. Francesca non poteva trattenersi fuori di casa più di un'ora in quanto, mi disse, le stava tenendo il gioco sua sorella, nei confronti della cameriera.

Andammo a fare il giro del lago e la riaccompagnai sana e salva, dopo cinquantacinque minuti esatti, salutandola come un fratello maggiore, con un bacio sulla guancia.

Quando le promisi che sarei andato a prenderla il giorno dopo a scuola, mi stupì con questa domanda:

- Con quale macchina verrai?-, alla quale risposi ridendo che mi sarei presentato a cavallo. Non rise della mia battuta e mi sentii molto goffo per averla fatta.

Fra le qualità al negativo di Francesca c'è sempre stata una totale assenza del senso dell'umorismo; ma in quel momento non ne registravo nessuna.

In più di venti anni, adesso che ci penso, non l'ho mai vista ridere di una barzelletta né, tanto meno, l'ho sentita raccontarne una:

-Non è nel mio stile- diceva con un tono di sufficienza, quasi si trattasse di un trattenimento per il volgo...ma anche quella spocchia riusciva ad affascinarmi.

Riguardo al cavallo fuori della scuola, mentre la rassicuravo che era uno scherzo, ricordo che mi ritrovai a pensare quanto fosse diversa da sua cugina, capace di rimandare la palla delle battute all'infinito.

Così cominciò la nostra storia, cioè la mia relazione di uomo già esperto con la ragazzina bellissima, timida e sfrontata allo stesso tempo, che si sarebbe rivelata tale sotto tutti gli aspetti, sesso compreso; intrigandomi al punto di sposarla di lì a qualche anno.

Il mio errore di valutazione con lei fu di averla voluta con tutto me stesso e con la stessa determinazione con cui avevo voluto tutte le altre belle ragazze prima di lei, ritenendomi fortunato per avere trovato un gioiello ancor più di valore; ma di non avere individuato la grossa differenza tra il modo in cui le altre avevano voluto me e il suo.

Come le ragazze precedenti, tutte più o meno mie coetanee, ad eccezione di Elena, Francesca era attratta dalla mia agiatezza ma, essendo inesperta e insicura e non potendo fare grandi paragoni, mi aveva scelto a scatola chiusa, come si dice

Per lei, stare seduta nelle mie auto lussuose, entrare nei ristoranti e discoteche più alla moda, notare la meraviglia che il personale delle boutique esclusive dove la portavo a scegliere i suoi regali dimostrava nell'accoglierci e nel servirci, era parte del quadro di affabulazione che la ricchezza ed il lusso esercitano su molti. E volle essere parte di quel quadro fin dall'inizio: e ciò non mi meravigliava affatto.

Quello che avrei tardato ancora un bel po' a scoprire sarebbe stata la sua avidità congenita.

All'inizio scambiavo per innocenza il suo non rendersi conto del fatto che fosse lei, con la sua bellezza e così tanto più giovane di me, a suscitare la meraviglia e ad affascinare commessi e direttori di sala, che erano sempre stati educatissimi con me, ma mai così deferenti e quasi servili.

E, come conseguenza di quell'errore, ne commisi uno ancora più grave, negli anni seguenti: mentre la viziavo, non valutavo il pericolo che correvo, ripetendole in continuazione quanto fosse bella e anche facendole capire troppo bene quanto lei potesse appagare la mia sfera erotica, così dipendente da quella estetica.

Credo che, nonostante provenisse da un ambiente molto agiato, il ritrovarsi immersa, o meglio sommersa, dai miei regali e dalle mie attenzioni, offertile sempre come omaggio alla donna dei miei sogni, non le abbia permesso di valutare quanto, e se, le sarei piaciuto se fossi stato privo di tutti i miei mezzi.

Mezzi, che durarono per circa quindici anni; dopo di che ci fu un periodo meno dorato, che sfociò in uno difficile. A quel punto, aveva già cominciato a svolazzare di qua e di là, "in cerca di innocenti gratificazioni", come era solita rassicurarmi quando le chiedevo dove fosse stata per i sempre più lunghi lassi di tempo in cui spariva. Improvvisamente mi comunicò che tutte le difficoltà che stavamo attraversando la stavano stressando troppo e che aveva trovato un analista dall'onorario più che modico e dalle cui sedute stava ricavando giovamento.

Quando, di lì a poco, mi lasciò, trovò mille scusanti diverse e contraddittorie per la fine del nostro matrimonio.

L'unica vera ragione fu che era finita nelle grinfie di lui, che nel frattempo aveva anche spudoratamente millantato un'amicizia di coppie.

Infatti, sebbene ci fossimo frequentati per un po', sempre a quattro, non avevo capito che quelle conversazioni amichevoli, al ristorante o nelle nostre rispettive case, gli servivano a portare a conoscenza di Francesca quei particolari della sua vita che difficilmente avrebbero potuto essere integrati nelle loro conversazioni terapeutiche a studio.

Quando ricordo che parlavamo anche di letteratura, loro due ed io naturalmente, mi va il sangue al cervello al pensiero di che mistificatore era: aveva capito perfettamente quale era l'unico punto in cui non mi sentivo gratificato da Francesca e mi offriva "amichevolmente" di colmare quel mio vuoto.

Evidentemente aveva anche individuato tutti i punti deboli di Francesca e sapeva come usarli a suo favore, perché con me si profondeva anche in lodi della sua intelligenza e della sua "ricettività in materie più razionali e scientifiche"; e si assicurava sempre che Francesca lo stesse ascoltando. Mi dimostrava ogni momento che ero veramente fortunato, ad avere una compagna dalla personalità così completa, anche se ero ancora abbagliato soprattutto dal suo aspetto esteriore come il primo giorno.

Evidentemente non era quello l'unico punto debole

che aveva individuato in Francesca, perché spesso, con apparente modestia, parlava delle sue proprietà e della eredità già assegnatagli ma che avrebbe potuto incassare solo tra qualche anno.

Oppure chiedeva con noncuranza alla sua compagna quanti metri quadrati misurasse il salone della villa al mare.

Questa, anche lei nostra amica, sembrava perennemente ammaliata da lui, incantata dalla voce che usciva da quella testa rasata. Doveva trattarsi di un plagio, mi ritrovavo a pensare ogni volta. E forse proprio per questo non mi accorgevo che l'incantatore di serpenti aveva rivolto le sue mire altrove.

La sera che si presentarono nell'ultimo modello di Maserati, vidi Francesca correre verso quell'auto, più che verso i nostri ospiti che ne stavano uscendo.

Capii che tra noi era finita…visto che le mie numerose macchine si erano ormai ridotte solo alla grande Volvo, con cui Francesca faceva ancora e comunque scena.

Fu quella sera che si verificò un feroce alterco tra Francesca e me, riguardo al suo senso estetico appagato dalle riviste patinate e alla sua noia nel vedermi assorto nelle mie letture di vecchi libri di mia madre.

Il suo analista disse che avevamo entrambi ragione… ma non mi piacque il gesto intimo con cui le asciugò una lacrima.

CAPITOLO III

L'ERRORE DI VALUTAZIONE DI ELENA

Non credo di avere mai avuto un'altra esperienza neppure lontanamente affine a quella che mi trovai a vivere dopo il riavvicinamento a mia cugina Francesca.

Ho detto "a" e non "con", perché la nostra lingua ha sfumature davvero sottili, che sfuggirebbero anche all'orecchio del più esperto linguista straniero.

Di solito si dice "avvicinarsi a", è vero, ma quando vogliamo dire che tutti e due i poli si sono avvicinati, appunto, l'uno all'altro, con reciproco interesse e la volontà di toccarsi, diciamo "con".

Non fu così, quel ritrovarci di mia cugina e mio: al momento sottovalutai la freddezza

iniziale con cui prese la mia telefonata, scambiandola per stupore. Lo volevo solo io,

anche se lei non si fece pregare né dimostrò altro che genuina sorpresa, nel risentire la mia voce, al telefono, dopo dieci anni; e al suo nuovo numero, che sarebbe dovuto risultare a me sconosciuto.

Non che si fosse mai posto il problema di rendersi da me introvabile: semplicemente, mi aveva cancellato, rimosso, mi avrebbe spiegato in un secondo tempo, usando un linguaggio idoneo al suo status diverso.

La sua vita era infatti completamente cambiata, in quel lungo lasso di tempo, anche se il giro di boa della sua nuova convivenza era abbastanza recente: si era separata da Massimo, uscendo improvvisamente dalla casa coniugale, da circa due anni.

E il mio errore di partenza consistette proprio nel valutare questa sua scelta come il riscatto da parte sua (non mi importava quanto tardivo) di venti anni di vita da scervellata, alla mercè di un uomo che le aveva annullato le sue facoltà di autonomia mentale, istillandole lentamente la certezza che il mondo ruotasse intorno alla sua bellezza. L'aveva convinta che, in nome di quella sua grande dote, tutti avrebbero esaudito ogni suo desiderio e ogni porta le si sarebbe spalancata davanti: bastava che bussasse; e non c'era alcun bisogno che ci provasse, perché lui le garantiva quel tipo di successo ogni giorno, ad ogni ora. Ulteriori verifiche non le sarebbero servite, perché il di lui buon gusto era la prova più ardua che Francesca avrebbe potuto affrontare...e l'aveva superata a pieni voti, la superava ogni giorno, seguendo i suoi consigli.

Ma avrei scoperto quasi subito che a Francesca erano rimaste ben altre facoltà di autonomia di giudizio da essere annullate; e lo aveva fatto, con modalità completamente diverse, il suo nuovo compagno.

Comunque, tornando a Massimo, addiceva come garanzia della validità del suo giudizio il fatto che lui si fosse sempre potuto permettere le ragazze più belle e più ambite nella sua cerchia di amici, cosa di cui lei non era ancora a conoscenza perché molto più giovane. Ma non aveva notato subito anche lei la sua grande familiarità con il bel mondo e con tutte le scelte di vita che solo questo può concedersi?

Con questo tipo di lavaggio del cervello ed esaudendo prontamente ogni suo desiderio (finchè erano durati i soldi), aveva non solo viziato Francesca; le aveva anche fatto radicare l'idea che bastasse un bell'aspetto per riuscire nella vita.

Nonostante le piccole smentite già avute ai tempi della nostra prima frequentazione, cioè la nostra intera vita fino alla rottura, quando la volli ritrovare mi accorsi che Francesca ancora navigava nelle acque torbide dell'autocompiacimento. Acque che si erano fatte ancora più pericolose, da quando il suo nuovo compagno, perfino più subdolo del marito, le aveva fatto credere che anche le sue doti intellettuali, oltre alla sua bellezza folgorante, le avrebbero reso la vita facile. Il che potrebbe essere vero in assoluto ma non nel campo lavorativo, dove servono anche i riconoscimenti ufficiali.

Insomma, le aveva rafforzato l'idea già serpeggiante ai tempi del matrimonio, riguardo all'inutilità di qualsiasi titolo.

Ripensandoci oggi, questa grande menzogna altro non era che un suo raro rigurgito di coerenza con le proprie fortunate scelte di vita da "incantatore"professionista, la cui magia consisteva semplicemente nel fumo delle sue parole. Ma allora neppure Francesca poteva saperlo.

Quando la ritrovai, Francesca, che era appena un po' più giovane di me, stava per compiere cinquanta anni e di lavorare, per il momento, neppure la sfiorava l'idea.

Ci sarebbero voluti ancora un paio di anni di chiacchierate con me, perché le si svegliasse un barlume di desiderio di indipendenza, dovuto anche all'improvvisa situazione di bisogno in cui si sarebbe venuta a trovare.

Sarebbe comunque rimasto sempre e solo un barlume.

Dovetti accettare la duplice idea che ormai l'interiorità di Francesca era stata completamente formata dai due artefici del suo destino, che avevano operato su due piani della sua mente tanto affini, anche se così diversi; e che evidentemente il terreno su cui i due, apparentemente in conflitto fra loro, si erano ritrovati ad agire era dei più idonei alla manipolazione, perché completamente privo di quel seme vitale che è il rispetto degli altri e di se stessi, la capacità di valutare entrambi al di là delle fattezze fisiche.

Francesca è priva di una coscienza e, come tutte le persone a lei simili, non si cura degli altri e non ha un'etica: questo pensiero non mi aveva mai neppure sfiorato, nei tanti anni della nostra conoscenza, che era durata letteralmente una vita.

Ecco in che cosa sbagliai grossolanamente, quando la volli riavvicinare: le abbonai completamente il dolore che mi aveva causato dieci anni prima, attribuendole "soltanto" la colpa di essersi lasciata trascinare da suo marito nel gorgo di cattiveria che lui aveva riversato su di me, in quegli ultimi due giorni d'agosto passati sulla barca del mio compagno di allora.

Ricordo che avevamo preparato quella crociera in Sardegna fin nei minimi particolari, pochi giorni dopo averglielo presentato, e che quanto accadde nelle quarantotto ore che seguirono al loro arrivo a bordo ebbe dell'incredibile. Lo ha perfino ora, nel ricordo, sebbene ne conosca ormai le ragioni profonde.

Francesca ed io ci eravamo messe subito a sistemare le provviste e stavamo chiacchierando in modo molto leggero sull'improvviso cambiamento nel comportamento di Massimo, che sembrava assumere un aspetto sempre più simile a Carlo, il mio compagno, con il passare dei minuti. La cosa ci faceva sorridere e fu proprio Francesca a dire:

- Questa mattina mi ha chiesto le magliette Lacoste che gli avevo comprato anni fa e che non aveva mai voluto indossare, perché lui porta solo le sue camicie fatte su misura.- Mi stupii del tono ironico, quasi di scherno, perché avevo sempre creduto che fossero sulla stessa lunghezza d'onda riguardo all'abbigliamento.

-Sembrano amici di lunga data; - aggiunsi – meglio così, vuol dire che l'equipaggio è

affiatato. In barca è molto importante. Te ne accorgerai.- Ma non ne avrebbe avuto il tempo, visti gli eventi che seguirono nelle poche ore a cavallo di mezzogiorno, che non saprei ricostruire perfettamente, perché dopo il mio incidente tutto prese un ritmo rocambolesco e surreale.

Mi ero voltata verso la dinette con l'intenzione di pulire il tavolo, su cui avremmo approntato un pranzo frugale prima di salpare, quando inciampai su una cassetta di acqua minerale che non sarebbe dovuta essere lì. Caddi in avanti e, nel tentativo di afferrare il bordo del tavolo, mi trascinai dietro il coltello del pane che vi avevo appena appoggiato sopra: mi si era conficcato nel polso.

Da quel momento, fu tutto un correre: il sangue non si fermava e quindi Carlo mi caricò in macchina , dopo avermi stretto qualcosa intorno al braccio, e si diresse a clacson spiegato verso l'ospedale della città vicina.

Fu molto tenero con me e non so quante volte mi ripetè che non sarebbe partito senza di me; ma che era sicuro che mi avrebbero medicato e mi sarei goduta ugualmente la nostra crociera e aggiunse:

- Meno male che li abbiamo invitati: così Francesca, se sarà necessario, risparmierà   alla tua mano un po' di lavoro in cucina. Mi sembra che abbiano capito bene che in barca si lavora tutti, specie se a bordo c'è qualcuno che non si sente bene. Massimo non vede l'ora di darsi da fare con cime e vele, almeno così mi sembra, e anche lei era così impegnata ad aiutarti, dopo che si è tolta quei ridicolissimi vestiti con cui è arrivata. Non ti nascondo che sono rimasto un po' perplesso: mi ha fatto pensare a Lady D., anche se l'armatore in questione non si chiama Dodi, vero, Amore?-

Carlo cercava in tutti i modi di sdrammatizzare il momento di preoccupazione.

Per fortuna il tendine non era stato leso ma mi fu ordinato di non partire prima del controllo della ferita, che era piuttosto profonda e aveva richiesto tre punti di sutura.

Saremmo dovuti tornare la mattina seguente. Così, tornammo alla barca e Carlo disse che avremmo dovuto passare la notte lì, a meno che loro non avessero voluto trascorrerla comodamente a casa e tornare ad imbarcarsi l'indomani mattina alla stessa ora.

- Non c'è problema- disse immediatamente Massimo, con l'aria di chi è abituato a dirigere un equipaggio;- la malata si sdraierà all'ombra del tendalino che ho issato mentre eravate via, sui materassini e sui cuscini che Francesca ha sistemato nel pozzetto. Abbiamo anche preparato qualcosa da mangiare. Passeremo questa notte in rada.-

Carlo ed io ci guardammo furtivamente e credo che

lo stesso interrogativo ci attraversasse la mente in quel momento: che cosa era successo, in quelle due ore e mezzo della nostra assenza? Massimo sembrava completamente a suo agio nel suo ruolo di vice e molto più determinato nelle sue azioni, per le quali nei pochi giorni dei preparativi e fino al momento del mio incidente aveva sempre aspettato l'okay di Carlo, anche senza chiederglielo esplicitamente. Meglio così, mi dissi, preoccupata di poter essere un peso, nelle mie condizioni.

Adesso no, dopo essermi riproiettata quella scena nella mente per anni, non sono perplessa né credo che avrei dovuto sentirmi sollevata al momento in cui la vivemmo:

il processo di identificazione con Carlo si stava completando nella mente di Massimo e non avrebbe portato a niente di buono.

Infatti, se il suo lavorio mentale si fosse limitato a quella sorta di leggero transfert, le cose non sarebbero precipitate, come in effetti accadde.

Invece, dopo il piccolo e buffo episodio delle T-shirt, che ci aveva fatto sorridere tra donne, Massimo stava sempre più immedesimandosi in Carlo, al punto di volerlo tutto per sé come amico, cercando addirittura di allontanare me da quello che voleva diventasse il suo cerchio esclusivo di affetti.

Infatti, quando stavo per prendere sonno, stordita dai calmanti, feci in tempo a registrare mentalmente una sua frase rivolta a Carlo.

- Certo che sei fortunato: hai una barca bellissima, una professione che ti soddisfa e questo bel cucciolo da spupazzarti in mare .- Alludeva ad Antonio, il figlio di

Carlo; io non venni neppure nominata.

Fu quella frase che in tutti i dieci anni della nostra rottura mi dette la prova dell'innocenza di Francesca nel suo comportamento sleale nei miei confronti.

Infatti non finì lì.

La mattina dopo Carlo preparò il tavolo della colazione nella dinette, per farla tutti insieme prima di tornare con me in ospedale. E fu lì che Massimo manifestò in pieno il suo processo di identificazione, che nella sua mente era già arrivato alla fase della pianificazione progettuale, evidentemente:

- Se fossi in te, non cercherei niente altro nella vita; me ne andrei per mare con mio figlio e mi basterebbero l'aria e il sole – e lo disse mentre mi guardava.

Perché non mi aveva incluso nel quadro della vita felice di Carlo?

Lui, Carlo, sembrò non registrare il vuoto verbale, ma io, con gli occhi di Massimo fissi nei miei, capii che non si trattava di un momento di leggerezza e mi sentii offesa.

Dopo un attimo, Carlo aggiunse un semplice:

- E con Elena, naturalmente. Vero, Antonio? Non la lasciamo a terra.- Il piccolo annuì sorridendo e lui mi mise un braccio intorno alle spalle e disse che era ora di andare.

In macchina mi chiese se Massimo non fosse sembrato un po' strano anche a me; ma alludeva solo al comportamento di lui, da perfetto organizzatore, del pomeriggio e sera precedenti. Dunque, anche lui l'aveva notato; e il fatto che avesse risposto a tono all'offesa nei miei confronti non mi fece tornare sull'argomento della vita felice

che avrebbe potuto avere andandosene per mare.

Arrivammo in ospedale parlando con leggerezza di Massimo e ne tornammo rattristati dal divieto per me di imbarcarmi, in quanto il chirurgo riteneva che la ferita avrebbe dovuto essere medicata da mani professioniste e, inoltre, la vita di barca non avrebbe permesso un'igiene perfetta.

Vedemmo andare all'aria tutti i nostri piani e Carlo si chiese come l'avrebbe presa Antonio, che già parlava animatamente di avvistamenti di coste all'alba e, chissà?, anche di qualche galeone pirata.

Non esitai a dirgli che non doveva privare il bambino della vacanza tanto desiderata e delle ore che già mi aveva detto che avrebbe passato al timone con suo padre: sarei rimasta a terra e loro sarebbero salpati con Francesca e Massimo.

Ma Carlo fu altrettanto pronto a dirmi che avrebbe fatto di tutto per non rattristare Antonio ma che lo avrebbe convinto che fosse necessario rimandare la crociera; lo avrebbe portato a fare una passeggiata sul molo, per essere soli, appena arrivati.

Così fece e stavano risalendo a bordo, distesi e pronti a dirci qualcosa, ma non ne ebbero il tempo perché Massimo gli andò incontro dicendo:

- Ma perché dovresti penalizzare Antonio, solo perché Elena si è fatta male e non può partire con voi (non disse "noi")? La può accompagnare a casa Francesca, mentre noi

riorganizziamo la partenza.-

Carlo lo guardò esterrefatto, poi guardò me e disse seccamente:

- Antonio ed io abbiamo deciso che, anche se ci dispiace tanto per i nostri ospiti, rimanderemo questa crociera di due settimane: così potrà venire anche Elena. Tu e Francesca siete di nuovo invitati, naturalmente – ed addolcendo di molto il tono:

-Vero, Antonio? - Il bambino mi guardò affettuosamente e corse ad abbracciarmi.

Ero orgogliosa di loro e ancora più perplessa sul comportamento di Massimo, per me incomprensibile, tanto più che sapeva quanto io fossi innamorata di Carlo.

E lo sapeva bene anche Francesca…ma il peggio doveva ancora venire.

Ci sedemmo, per parlare dei nostri piani nuovamente cambiati, mentre Francesca ci serviva uno spuntino: di lì a pochissimo sarebbe finita la nostra amicizia. Adesso posso aggiungere che quella con mia cugina si sarebbe interrotta per i prossimi dieci anni.

Questa, infatti, dopo avere detto sì e no dieci parole da quando era salita a bordo il giorno prima, era al momento particolarmente loquace e mi sorprese con la sua voglia di dire la sua a proposito della mia relazione con Carlo…soggetto, questo, che non rientrava minimamente nell'interesse del momento. Evidentemente avevano parlato fra loro due, Massimo e Francesca, e lei si era infervorata e aveva fatte sue le idee del marito: fu quella la mia deduzione allora, anche se non la perdonai.

Siccome il suo intervento non aveva la minima continuità con il discorso generale, ricordo che Carlo la guardava perplesso, mentre lei parlava e, stranamente piena di iniziativa, al pari di suo marito, serviva da bere e illustrava il contenuto dei suoi panini, dicendo all'improvviso, con nonchalance:

- Carlo, ti conoscevo solo dalle parole di Elena; ma in queste ore passate con te ho capito quanto tu e lei siate diversi...Trovo che siete davvero anomali come coppia: ci riflettevo questa mattina, mentre eravate in ospedale... forse mi sbaglio, ma non credo che durerà tra voi.- E lì si zittì, convinta e definitiva come una condanna a morte del mio amore con Carlo. Naturalmente non aveva alcun potere su di noi, ma non potevo accettare un simile comportamento da parte sua, se non giustificandolo con il fatto che ormai il plagio operato da Massimo su di lei era stato completato. Anche se si fosse trattato semplicemente di uno scimmiottamento, le era comunque perfettamente riuscito: il suo tono era stato della stessa perentorietà delle affermazioni di suo marito, che tanto avevano stupito Carlo e me.

Le parole traditrici di Francesca mi erano arrivate con la violenza di una pugnalata alle spalle e decisi in quel momento di non vederla mai più.

Plagio o stupida imitazione che fosse, insieme avevano passato il segno nei miei confronti; anche se restai convinta, per i seguenti dieci anni, che il deus ex machina fosse stato Massimo.

E fu con quell'idea in testa, condivisa da Carlo, che tornammo a casa da Portofino. Perfino Antonio era stato colpito dalle parole dei due, perché all'improvviso, come spesso avviene con i bambini che sembrano disinteressati alle conversazioni degli adulti, mi chiese:

- Elena, ma non avevi detto che volevi che venissero con

noi in Sardegna perché erano tuoi amici, anzi parenti?-

Carlo ed io ci guardammo senza sapere cosa rispondere, poi lui mi venne in aiuto dicendogli che certe volte le persone non si conoscono fino in fondo e possono fare delle brutte sorprese, ma questo non sarebbe mai successo fra noi tre. Gli bastò.

E infatti tornammo a Portofino dopo due settimane, ma soltanto noi tre.

Ebbene, nonostante tutta la brutta storia vissuta allora, a separazione da Massimo avvenuta, l'avrei ricercata perdonandole tutto; ma avrei pagato a caro prezzo il mio errore di valutazione, di lì a due anni dal nostro nuovo inizio, quando l'avrei aiutata ad affrancarsi dal secondo tiranno della sua mente, dall'incantatore che mi aveva presentato.

Avrei creduto, ancora una volta, di doverla liberare da quell'altra dipendenza…dovetti invece accettare l'idea che, in tutti e due i casi, i due uomini non avevano avuto altra funzione che quella della cartina di tornasole immersa nell'anima di Francesca, nella quale non esisteva alcuna coscienza.

Il mio errore di valutazione si ripeté, perché non volli, per tutta la mia vita fino a quel momento, riconoscere la meschinità della persona che mi era tanto cara…ma che non avrei mai dovuto ricercare.

CAPITOLO IV

LA STORIA

- Che bello essere a casa di nuovo. Mi piacciono i viaggi, mi piace il lavoro che faccio; e chi dice di no? Ma questa volta mi ero stufata di stare fuori; era ora di tornare già sei mesi fa, ma non dipendeva da me.-

- Quanto sei stata fuori questa volta? Due, tre anni?-le aveva domandato suo fratello-mi sei mancata.-

-Anche tu…lo sai. Il tempo vola, bello mio: è durata quasi quattro anni questa "trasferta", per usare la definizione del mio capo. Se penso che secondo lui, all'inizio, ci dovevo rimanere non più di sei o otto mesi al massimo…Credimi, non ne potevo più. Sognavo solo di poter tornare e rivedere te, gli altri, fare la vita di sempre insomma. Ma dai, aggiornami sulle ultime notizie. Mi sento come quando, da studentessa, mi sembrava di perdermi chissà che cosa, mentre studiavo fuori, all'università.

- Ma se non facevi altro che decantare la vita fuori dalle grinfie di mamma e papà, facendomi morire di rabbia per la tua libertà…Ti giuro, è la prima volta che ti sento dire che ti mancava casa e il nostro giro.-

- Be', ne è passato di tempo da allora, eh? Adesso la vedo così e forse ricordo pure male. Comunque, dai, raccontami.-

- Elena, qui non succede un gran che, lo sai. Il solito trantran, fra lavoro e spostamenti di routine. La professione che ho scelto è piuttosto sedentaria e, tra studio e tribunale, non è che io mi diverta così tanto o che veda tanta gente. Poi ho una famiglia, no? Oltre a quelli che facciamo per le vacanze, a meno che non mi capiti di dover andare fuori per lavoro, i viaggi non rientrano poi molto nel quadro. Di certo, non mi allontano come te. Come va con l'agenzia? Dopo questo lungo soggiorno a mettere su il nuovo villaggio, mi pare, te lo danno quel posto che volevi?-

- Credo di sì, perché il lavoro che ho fatto è andato a genio a tutti, specialmente al capo. Ma ti ho detto di aggiornarmi sulla vita qui. Perché cambi discorso?-

- Perché ti ho detto che qui non succede mai niente...e poi, io e te siamo sempre stati così, no?. Ti ricordi al liceo? Venivamo a casa a pranzo e , a mamma che ci chiedeva "Cosa è successo oggi a scuola?", io immancabilmente rispondevo "Niente" e tu cominciavi a raccontare fiumi di cose che interessavano mamma, ma di cui non mi ero nemmeno accorto.-

- La solita differenza uomo-donna, evidentemente. Ma, dai, pensaci. Quattro anni sono lunghi: possibile che niente matrimoni, separazioni, nascite di nipoti, tra i nostri conoscenti? Io ho perso parecchi contatti, nonostante internet.-

-Boh, fammi pensare. Ah, sì. Ma sicuramente lo hai saputo, perché è stata la notizia bomba di due o tre anni fa: si sono separati Francesca e Massimo ed è stato per tutti un fulmine a ciel sereno. Capirai, dopo venti anni.-

- Ma no che non lo sapevo. Chi volevi che si prendesse la briga di informarmi? Neppure tu me lo hai detto; eppure ci siamo sempre sentiti.-

- Hai ragione, ma evidentemente non mi sembrava

una notizia così rilevante; visto che nelle nostre telefonate Italia-Kenia avevamo sempre altro da dirci. E poi, sai che ti dico? A me personalmente non è fregato proprio niente di quei due. Se lei non fosse nostra cugina, l'avrei persa di vista dai tempi del liceo. Ecco tutto.-

- Ma aspetta, lasciami indovinare: lo ha trovato a letto con qualcuna...il vecchio lupo ha perso il pelo ma non il vizio, eh? Proprio perché di anni di matrimonio ne erano passati venti...-

- E invece no, tutto il contrario: l'ha mollato lei e si è messa con un loro amico. Massimo era disperato.-

- Ma va'. Mi sembra impossibile. Erano così innamorati e lei pendeva dalle sue labbra.-

- Appunto. E tu già sai come l'ho sempre pensata sul pendere di Francesca dalle labbra di Massimo. Quella troietta di nostra cugina ha puntato il pollo da spennare, già la sera dei suoi diciott'anni; e l'ha spennato.-

- Che vuoi dire? Non ti sembra di esagerare? Non tutte le coppie benestanti devono il loro incontro ai soldi. E dico questo perché anche i nostri zii stanno bene, no?.-

- Sì, ma c'è sempre da capire da che cosa nasca l'amore e quale sia la differenza di questo dal semplice innamoramento, eccetera, eccetera.-

- Senti, io non la vedo da dieci anni; e lo sai anche tu. Però mi sembrava Massimo-dipendente in tutto: anche nella storia che è successa in barca e che tu pure conosci. Dimmi quello che ti pare ma deve essere successo qualcosa tra loro, oltre all'incontro fatale di Francesca.-

- E' successo che è finito il terreno di cultura su cui il grande amore si era sviluppato.-

- E cioè?-

- Ma, sei stupida o ci fai? Va be' che sei stata lontana quattro anni, ma già da quella vostra crociera fallita dieci anni fa gli affari di Massimo non andavano tanto bene. Me lo dicesti proprio tu, no?-

- Sì, è vero. Non si era potuto comprare la barca; adesso ricordo. Ma che c'entra?

Continuo a non capire come tu faccia ad essere così sicuro riguardo alla causa della loro rottura.-

- Allora vediamo di fare due più due fa quattro: da quel momento in poi, il grano è diminuito sempre più, almeno a quanto si diceva allora; e tanto più scendeva il livello del pozzo, che invece era sembrato senza fondo, tanto più saliva il numero dei litigi e delle sparizioni di Francesca. Un paio di volte l'ha cercata anche qui da noi, me lo ricordo benissimo.-

- E poi?-

- E poi niente. Se ne è andata dalla sera alla mattina, con il lui di una coppia di amici loro. E Massimo s'è sparato.-

- Oddio. E lo dici così, come se si fosse preso una sbronza? E' morto?-

- No, no. Ma, se lo vedi, è l'ombra del Massimo che abbiamo sempre conosciuto, da quando andava a cavallo e ti faceva la corte.-

- Ne è passata di acqua sotto i ponti...Mi dispiace davvero. E' sempre stato un farfallone; fino a prima di incontrare Francesca, voglio dire; ma da qui a pensarlo morto...E come sta?-

- Come vuoi che stia? Senza moglie e senza un soldo. Se penso alla vita che ha sempre fatto e che ha fatto fare a nostra cugina, ringrazio il cielo di non avere mai incontrato una donna come lei, che da ragazzina già prometteva bene a bellezza ma anche ad avidità.-

- A questo punto, non lo so se hai ragione o no. Io penso che lui se la sia manipolata come ha voluto, fin dall'inizio. E forse l'immagine che conoscevamo tutti, il personaggio Massimo, l'ha aiutato un bel po', soldi compresi...ma credo che lei fosse completamente plagiata: fino al punto di parlare come lui. Se ripenso a quelle quarantotto ore in barca, mi sento male. Mi riprende la rabbia impotente di allora, quando le avrei voluto urlare in faccia che era diventata come lui, arrogante e maleducata. Che poi, a pensarci bene, lui era stato sempre un gran signore nei modi.

Non lo feci solo in nome dell'amicizia che ci legava da tanto, tutti e tre, più che per la parentela. Lo sai che ho preferito non frequentarli più, invece di dovergli spiegare quanto offensivi fossero stati nei miei confronti...anzi, avrebbero dovuto ringraziare Carlo, a dire il vero, perché io ero offesa e furiosa.

Comunque, resto dell'idea che tutto sia dipeso da lui... anche tutto questo casino di cui mi hai appena parlato. Tu sai che sono rimasta amica di Massimo e poi sua e di Francesca, naturalmente, nonostante mi avesse trattato come mi ha trattato quando avevo vent'anni. Ci rimasi così male, quando mi disse chiaro e tondo che Laura era pronta a dargli tutto e che voleva spassarsela con lei. Fu cinico e freddo, come se mi stesse comunicando la sua intenzione di cambiare un lavoro poco soddisfacente con un altro.-

- Certo che sei andata a trovare proprio un bell'esempio, un lavoro, per lui che non ha mai lavorato in vita sua. Direi che lo fece come avrebbe fatto se si fosse trattato di una delle sue macchine; non credi?-

- Hai ragione. Eppure imputai tutto alla nostra gioventù, anche se era un po' più grande di me.-

- Per questo, quando lo hai rincontrato con Francesca, dopo qualche anno, hai fatto finta di niente? Mi sono sempre chiesto come avessi potuto dimenticare tutti i pianti che ti eri fatta a causa sua, anche con me.-

- Lo sai che non mi lego le cose al dito…come sai fare tu, e che mi è sempre sembrato normale non rivangare il passato, sapendo che la vita va avanti e che, grazie a Dio, cresciamo, maturiamo. Anche adesso, per esempio, credo proprio che ricontatterò Francesca; perché, oltre ad essere nostra cugina, era anche una delle amiche più care che avevo.-

- Ma che brava…Sbagliare è umano ma perseverare è diabolico, lo sai bene. Comunque, fai tu; sei grande e vaccinata…e scusa tutti questi luoghi comuni, ma credo proprio che tu stia prendendo uno dei tuoi abbagli da Giacomino l'idealista.-

- Vedo che a riferimenti letterari andiamo bene, eh? Dai; lo vedi che il tempo mi ha dato ragione e che Massimo ha fallito anche con lei?-

- Sì, ma che c'entra adesso Massimo? Lui è sicuramente ancora quello che è sempre stato, un bambino viziato; ma tu vuoi ricontattare quell'idiota che ti ha offeso in quel modo dieci anni fa._

- Ti ripeto che hai tutte le ragioni del mondo per parlare

così; ma è anche vero che sono convinta, conoscendolo, che oltre ad essere un bambino viziato, come dici tu, è stato anche un esperto manipolatore, il cui potere potrebbe essere pure finito con i suoi soldi, il che non fa onore a Francesca, ma resta il fatto che lei era molto vulnerabile.-

- Volevi dire stupida, immagino…Lo sai che il mio punto di vista è precisamente l'opposto del tuo, forse perché sono un uomo. Per me si tratta solo del famoso terreno di coltura che è finito, come ti ho detto prima. Ma non ricominciamo, adesso. Fai come ti pare. E buona fortuna. Io non ho mai sentito la mancanza di Francesca, che fin da ragazzina era una rompipalle, con tutti quei grilli per la testa, sui burini che stavano in classe con lei e su questa e quella compagna che, secondo lei, si vestivano di stracci.

Adesso, per fortuna, da quando sta con quell'altro, pare che viva come una reclusa e che abbia interrotto i rapporti con tutti. Aggiungo soltanto che quella, bella o no, non la vorrei per me neppure per tutto l'oro del mondo. Come vedi, in cinque minuti, questa faccenda mi ha portato alla bocca tutti i luoghi comuni possibili e immaginabili…non ti dice niente questo fatto? Per me, si tratta della storia più vecchia del mondo: finiti i soldi, finito l'amore. Recepito il messaggio?

Comunque, quanto a darti il numero di telefono, credo che dovrei chiederle se posso…dopo tutto quel can-can che avete fatto dieci anni fa…non credi?-

- Allora fallo subito, ma non dirle che sono qua. Sei sempre il solito. Anche per questo avevo voglia di tornare: giù a Nairobi le brevi chiacchierate con te al telefono non mi bastavano. -

Elena e suo fratello erano molto uniti e sempre, fin dai tempi del liceo, avevano avuto lo stesso giro di amicizie, perché coetanei.

Dopo i quattro anni di assenza di lei per lavoro, nonostante le mail, le telefonate e gli SMS, avevano una gran voglia di rivedersi e di parlare, mentre aspettavano la moglie di Renato, per andare fuori a cena a festeggiare il ritorno di Elena. Giusto il tempo di scrivere il nuovo numero di telefono di Francesca e il citofono aveva annunciato l'interruzione della loro chiacchierata piuttosto animata, come era sempre stato fra loro.

Al ristorante il tempo volò via, tra una risata, un bicchiere di vino e i racconti di viaggio di Elena, interrotti ogni tanto da qualche informazione su questo e su quello dei loro amici e conoscenti.

Per tutto il tempo, però, la mente di Elena si era soffermata sulla "notizia bomba", come l'aveva definita Renato e si era sentita sempre più convinta che avrebbe usato quel numero di telefono l'indomani mattina stesso... perché voleva bene a Francesca, dopo tutto. Gliene aveva sempre voluto.

E così, il giorno dopo, visto che sarebbe dovuta andare proprio nella zona dove adesso abitava sua cugina, prese dalla borsa il post-it con il numero che Renato le aveva dato e lo compose.

- Ciao, - aveva risposto Francesca, dopo un paio di secondi di esitazione, - mi fa piacere...no, che non mi disturbi...è solo che mi prendi di sorpresa, dopo tanto tempo.-

- Sono appena tornata da fuori e ho saputo del grande

cambiamento nella tua vita. Ho pensato che forse potevo rifarmi viva e così ho chiesto il tuo nuovo numero a Renato.-

- Sì, sì, lo so. Mi ha telefonato, per sapere se poteva.-

- E tu, evidentemente, gli hai detto di sì. Grazie. Sai, ho pensato che tutto quello che successe allora fosse dovuto all'influsso negativo di Massimo su di te...E non servono tante parole. Se ti va, eccomi; visto che vi siete lasciati e che tu vivi con un altro compagno.-

- Sì, sì. Va tutto bene adesso: sono serena e felice. Hai fatto bene. Quando vieni, che voglio presentartelo?-

- Senti, più presto ti rivedo e più felice sarò di farlo. Che ne dici di domani mattina? Ho un paio d'ore tra due impegni, proprio nella zona dove Renato mi ha detto che abiti adesso; e...magari mi fai un caffè.-

- Okay. A che ora ti va bene?-

- Le undici sarebbero perfette per me; se per te...per voi, voglio dire, va bene.-

- Sì, dai, così te lo presento; perché a quell'ora sarà libero, tra una terapia e l'altra. A proposito, lo sai che è uno psichiatra?-

- No. Renato non me lo ha detto. Mi ha informato che vivevi con qualcuno e basta.-

- Strano, perché è uno che fa colpo, vedrai.-

- Ma,- disse Elena, un po' spiazzata da questa stupida uscita di sua cugina, - forse perché non ho chiesto i dettagli, perché li avrei saputi da te. E poi, lo sai come sono gli uomini, no? A proposito di uomini, per me era sufficiente sapere che ti fossi liberata di Massimo: ecco perché non ho domandato niente...beh, adesso lo sai.-

- Va be', va be', ne parliamo un'altra volta.- fu la secca risposta con cui Francesca troncò quell'accenno al suo ex marito.

- Dimmi solo se sei felice davvero.-

- Sono al settimo cielo. Lo vedrai: lui incanta.-

- Basta che non mi presenti uno con il turbante in testa e il piffero per incantare i serpenti...-

E s'erano fatte una bella risata, come Francesca non faceva da molto tempo. Ma Elena non poteva saperlo.

"Ci siamo ritrovate", pensò Elena mentre si scambiavano di nuovo un cordiale "ciao" e si davano appuntamento da Francesca, per il giorno dopo alle undici al nuovo indirizzo, che lei non aveva esitato a darle. Questo aveva rincarato nel suo cuore la dose di fiducia ed aspettative su quel ritrovarsi tra amiche.

Elena era anche intrigata dall'idea dell'"incantatore", sicura come si sentiva del fatto che Francesca avesse finalmente aperto gli occhi sulla vacuità di cui Massimo era "dotato", sotto il grande fascino che aveva sempre esercitato, anche su di lei, a suo tempo. Non poteva essere che così.

Era una mattina fredda di febbraio e gli alberi lungo il viale su cui si apriva il cancello della casa erano spogli e tristi. Un sole freddo filtrava a tratti fra nuvole basse che sembravano dover sparire da un momento all'altro, spinte dal vento che soffiava di tanto in tanto.

Ma la casa era calda e accogliente, bella anche, arredata con mobili antichi fin dall'ingresso, con bei tappeti e qualche pezzo moderno sapientemente inserito: ne risultava un insieme eccezionale di buon gusto ed eccentricità, il tocco unico della mano di Francesca. Elena riconobbe anche alcuni mobili, inconfondibili per la loro rara bellezza, che evidentemente lei aveva portato con sé.

La voce di sua cugina era risuonata cordiale al citofono e, mentre entrava con la sua auto e la parcheggiava sull'ampio lastricato di pietra grigia, vide aprirsi la porta al di là del prato e comparire la figura a lei familiare di Francesca: alta, magra e vestita nei toni caldi del marrone e del cuoio, come un tempo. Notò subito, anche da lontano, che indossava stivali da cavallo e si domandò se Francesca non stesse per uscire o se fosse appena tornata. Poi un pensiero le attraversò la mente, dal lontano passato: forse si trattava semplicemente del solito modo di stupire, di fare colpo, di vedersi sempre come se fossero gli altri a guardarla.

Si abbracciarono e baciarono con emozione e un po' di imbarazzo condiviso; poi entrarono subito in cucina.

- Siediti. Prendiamo subito qualcosa di caldo, con questa giornata...-

- Grazie, sì, volentieri. Che piacere rivederti.-

- Anch'io sono contenta. Hai fatto bene a chiamarmi. Ma dimmi, preferisci un caffè o un vero tè giapponese? Prometto che ti risparmierò tutta la cerimonia: l'ho imparata al corso che ho seguito all'Istituto di Cultura Giapponese.-

No, Francesca non era cambiata.

- No, no; un caffè nostrano andrà benissimo. Mi interessa di più che tu ti metta seduta e che parliamo...ci ragguagliamo. Non credi?-

- Naturalmente. Anche perché, credo, la novità che hai

scoperto è grande, no?-

La cucina era ampia e molto comoda, con un caminetto e un divano davanti a questo. Il tavolo era nell'angolo formato dalle due enormi vetrate che si aprivano sul grande terrazzo comune ad altri ambienti. Nonostante la giornata incerta, c'era una bella luce, che colpiva l'occhio di chi entrava dall'ingresso piuttosto buio e al momento illuminato da una lampada Tiffany sulla consolle.

Anche gli elettrodomestici non erano i soliti; avevano qualcosa di ricercato, nelle forme arrotondate che rimandavano la luce, aumentandone l'effetto.

- Vedo che ti sei data da fare con l'arredamento…-

- Sì, ma non qui in cucina. Questo è il suo regno ed era già tutto così, al mio ingresso qui. Mi sono stupita anch'io, a suo tempo, quando ci disse con orgoglio che no, la sua compagna non c'entrava niente con questo angolo della casa. E lei era presente.-

- Accidenti però, tutto sembra, meno che l'opera di una creatività maschile: è razionale ma trasuda intimità e confort.-

- E nemmeno le precedenti ci hanno messo mano: in tutto tre, prima di me.-

Elena non aveva risposto e si era limitata a guardarsi intorno, per poi concentrarsi sul tavolo, che non sembrava aspettare semplicemente un caffè di mezza mattina.

- Però il tuo gusto per le tavole belle e originali non è cambiato per niente; e direi che impreziosisce il tutto.-

- Grazie. Lui ne va pazzo e non fa che ripetere che questo era un regno senza una regina, prima che arrivassi io. Pare che le altre si limitassero alle solite tovaglie belle sì, ma senza un'anima, senza la creatività che l'ambiente merita. Se penso alla scena che fece Massimo, ti ricordi?, quel Natale in cui avevo preparato una "tavola adatta a un rinfresco per un funerale da film americano", solo perché non c'era niente di rosso, d'argento o d'oro. In poche parole, perché la nostra tavola non somigliava alle atmosfere da bianco Natale che imperversavano a casa di sua madre...-

- Però,converrai con me sul fatto che avevi un po' esagerato con i toni scuri...Perfino tua madre ti chiese con molto tatto come mai tu non avessi scelto delle candele di un colore diverso dai festoni con cui avevi adornato la tovaglia: erano neri.-

- E' vero. Comunque quella fu l'unica volta che Massimo mi criticò riguardo all'arredamento. Anche lui era matto per le mie creazioni e devo dire che mi ha sempre trattato come un architetto o un arredatore di grido.-

- A proposito, che mi dici di lui? Renato mi ha detto del suo gesto estremo.-

- Sì. E mi indigna il solo pensarci, visto che va dicendo in giro che è tutta colpa mia se la sua vita è andata come è andata. E contemporaneamente, però, racconta che non si è sparato per me e che, anzi, lo avrebbe dovuto fare solo se io fossi tornata da lui.-

- Mi sembra tutto così assurdo, sai?- commentò Elena in tono neutro.

- Il fatto è che, dopo avermi ripetuto per venti anni che il mio modo di arredare, i miei interessi per l'arte e per l'architettura in particolare lo inebriavano (parole sue)... alla fine si è scoperto che non ne poteva più di vedermi spendere e spandere in fumo (come sopra). Ma va be'; parliamone un'altra volta.-

In quel momento era entrato Marco, come se fosse capitato per caso e senza sapere che ci fosse un'ospite.

- Interrompo qualcosa?-

E Francesca:

- No. Anzi, vieni a conoscere Elena: te ne ho parlato ieri.-

- Ah, sì...me ne ero dimenticato. Scusatemi.-

Senza alzarsi, Elena aveva teso la mano in modo spontaneo ed amichevole, dicendo semplicemente:

- Mi fa molto piacere conoscerla .- E, mentre Francesca la correggeva immediatamen te con un "conoscerti", aveva stretto con calore quella di lui, che nella sua mente priva di pregiudizi già aveva assimilato totalmente all'affetto che provava per sua cugina; e lo aveva guardato con i suoi occhi verdi e sinceri.

- Parlavamo di Massimo; - aveva detto Francesca (come se lui, che aveva origliato fino a quel momento, avesse bisogno di quell'informazione) - naturalmente, dopo tanto tempo era inevitabile, fra me ed Elena. Ricordavamo, o meglio ero io a farlo, come qualche volta non condividesse i voli della mia mente, la mia "leggerezza dell'essere", come la chiami tu.-

- Avevo appena notato che il suo gusto di creare non è cambiato- disse Elena con entusiasmo.- Comunque, ti trovo anche così diversa, sicura di te e non come una immagine riflessa nello specchio di qualcun altro.-

- Hai proprio azzeccato la diagnosi, devo dire; - dichiarò Marco, con il tono dell'esperto- Francesca ha finalmente trovato se stessa.

Tutto ciò riempiva di gioia Francesca, che vedeva l'incontro trasformarsi in una celebrazione delle sue doti di gusto e di intelligenza: quelle parole, pronunciate e condivise dal suo uomo e da Elena, appena ritrovata, erano un'altra conferma di quanto lei valesse. Non provò il minimo fastidio per l'allusione esplicita, da parte di quest'ultima, al suo modo di essere nella loro "precedente vita"; ed Elena lo capì.

Presero il caffè e poi Marco le lasciò, accennando ad un impegno professionale urgente.

- Tornando a Massimo,- riprese Francesca – ero arrivata ad avere la sensazione di essere soltanto una sua bella proprietà. Se penso che ero stata intrigata per tanti anni da quel mio potere su di lui…Quello che esercito su Marco è diverso, totalmente, è più completo. Se ci fosse stato lui, al posto di Massimo, credo che adesso sarei anche arrivata da qualche parte professionalmente…non che lavorare sia così indispensabile, quando c'è di che vivere bene.

Sai, mi entusiasma il solo fatto che Marco, esperto quale è, mi adori letteralmente anche per le mie doti intellettuali. Con lui è un arricchimento culturale continuo. Pensa, ne è così convinto e partecipe, che mi fa gestire il nostro gruppo di autoconoscenza e di confronto: sai di cosa parlo, vero?-

- Certo che lo so; e al momento sono proprio alla ricerca di qualcosa del genere. Chissà, forse ti chiederò dei dettagli in proposito. Ma abbiamo tutto il tempo per parlarne un'altra volta, no? Adesso continua con quello che stavi dicendo.-

- Stavo dicendo, appunto, che il gruppo è "nostro",

capisci? Io non sono semplicemente uno dei partecipanti, dei pazienti, se vuoi...lo gestisco con lui in una duplice prima persona. Non puoi immaginare quanto mi piaccia studiare, approfondire...e confrontarmi con lui, fra noi prima di tutto e poi con il gruppo...pendono dalle mie labbra e il fatto che lui mi stimi tanto è, per loro, garanzia del mio valore, anche senza un titolo di studio. Lo vedi che avevo ragione, avevamo ragione, devo dire, Massimo ed io, a pensare che l'università non serve a niente e che spesso quelli ne sanno meno di noi - e, dopo questa tirata, le aveva di nuovo detto con aria interrogativa: - lo capisci?-

Elena capiva benissimo. Ancora una volta, come ai tempi di Massimo, Francesca aveva trovato il modo di aggirare l'ostacolo faticoso dello studio e del confronto con gli esami; e il suo ex-marito non ci entrava proprio niente, questa volta, nel suo delirio di onnipotenza.

Non condivideva assolutamente l'opinione che un titolo di studio non servisse a niente; e tanto meno poteva accettarla riguardo ad una materia delicata come la psicologia...Se le cose stavano veramente così, non sapeva proprio cosa pensare di Marco come professionista...Che stesse cercando di gratificare Francesca così tanto per non rischiare di perderla?

Ma non disse nulla e Francesca, presa come era dal suo entusiasmo per l'interesse positivo che credeva di avere suscitato in sua cugina, non registrò minimamente il suo silenzio.

Eccola di nuovo, l'arroganza di un tempo nei confronti dell'impegno di studio universitario suo e di Renato; quando Francesca, giovanissima, aveva deciso di sposare

Massimo e di ignorare ogni possibilità di indipendenza economica da lui. E adesso la situazione era la stessa, anzi si era fatta più seria, perché quest'uomo la stava addirittura illudendo di poter esercitare la professione. A che gioco stava giocando, anche questo, con la mente di Francesca? Ma le sue intenzioni di capire , per quella mattina, finirono lì, perché dovette andarsene poco dopo, non senza avere preso il secondo caffè che Francesca aveva offerto anche a Marco, prima che le lasciasse alle loro chiacchiere.

-Allora, venerdì sera ci sentiamo e sabato andiamo prima al mercatino e poi all'outlet- fu l'ultima frase di Francesca, mentre si salutavano sulla porta.

- Un saluto al tuo incantatore – disse Elena, ripensando alle parole che Francesca aveva usato durante la loro telefonata, prima della sua visita,- avevi ragione: mi sembra proprio che ti abbia incantato i sensi e la mente. A venerdì sera, allora.-

Lui, infatti, non si era fatto rivedere, neppure per salutarla soltanto.

Si era messo a piovere; il sole non ce l'aveva fatta ed il ritmo monotono dei tergicristallo non distoglieva la mente di Elena dai mille pensieri che vi si affollavano.

Nel paio d'ore della loro chiacchierata non si era di certo colmato il vuoto dei dieci anni, fra lei e Francesca; per esempio, non si era presentata l'occasione di chiederle che cosa l'avesse portata alla rottura con Massimo...ma l'allusione alla stanchezza che lui aveva dimostrato nei confronti della creatività di sua moglie e del fatto che questa "spendesse e spandesse in fumo" era, forse, solo la punta dell'iceberg...che non avesse ragione Renato, a proposito dell'importanza che i soldi avevano avuto in tutta la storia e soprattutto nella sua fine?

Comunque fosse stato, il fatto che Francesca fosse stata "incantata" da qualcun altro doveva dipendere certamente da una crisi già in atto. Renato aveva liquidato il tutto in poche parole, partendo dal solito punto di vista maschile, che si ferma ai fatti oggettivi, come può essere la mancanza improvvisa di denaro e il conseguente scadere del tenore di vita, e non scava minimamente nel profondo.

Questi pensieri di Elena cessarono solo quando arrivò al suo appuntamento di lavoro, ma non prima di essersi resa conto che si sentiva contenta di avere ritrovato Francesca e che era disposta a non rivangare il triste passato comune, visto che lei le aveva fatto capire con chiarezza che non voleva farlo, liquidando la faccenda con poche parole. E poi, si era detta, non sarebbe servito a niente, visto che la causa certa dei fatti di allora, cioè Massimo, era ormai fuori campo...lui era stato il vero "incantatore" di allora...il manipolatore del cervello di sua cugina per tanti anni...anche se avverglielo lasciato fare non faceva onore a Francesca. E tutte quelle idee sugli studi e sulla professione...non potevano essere ancora lo strascico di quel lavaggio di cervello? Certo, anche Marco la stava adulando un bel po'; ma, pensando alla professione che svolgeva, forse sapeva ciò che stava facendo.

Lui lo sapeva fin troppo bene.

L'uscita di quel sabato non fu l'unica e nel giro di un paio di mesi l'antica armonia sembrava totalmente ritrovata: si vedevano sempre più spesso e il punto di ritrovo era di solito da Francesca, dove Marco non si faceva vedere quasi mai, pur essendo in casa.

- E Marco?-

- E' al piano di sotto, impegnato in una delle sue terapie – era la solita risposta di Francesca, ma Elena cominciò presto a sentire che c'era qualcosa di strano, nella continua assenza di lui sulla loro scena. Le venne il sospetto che non fosse contento di vederla così spesso, anche perché non poteva dimenticare la propria sensazione di quando si erano guardati per la prima volta, stringendosi la mano, e che si era sempre ripetuta, ad ogni incontro.

C'era qualcosa, in quegli occhi sfuggenti, che si distoglievano dai suoi, ogni volta che si rivolgevano la parola; anzi, ogni volta che lei o Francesca lo coinvolgevano nel discorso, perché lui sembrava solo assistervi come osservatore. Che fosse una sua deformazione professionale?

E poi, quel tenere la mano di Francesca per tutto il tempo, sempre, nelle rare volte in cui si era seduto in cucina o in salotto con loro due…

Percepiva un'eccessiva ostentazione d'amore ed arrivò a pensare che, con quel suo modo di fare, la volesse escludere dal loro mondo ideale e anche dimostrarle come fosse diverso questo rapporto di coppia di Francesca rispetto a quello precedente, che lei aveva conosciuto bene.

E quegli strani fruscii nel telefono, che sentiva solo quando parlava con Francesca al loro numero fisso…forse lui la spiava, forse voleva accertarsi che uscisse veramente con lei. Certo era che Marco non aveva mancato una sola volta di rimarcare il fatto che Francesca, dopo avere "ritrovato" lei, aveva anche "trovato" come ammazzare il tempo durante le ore in cui lui era impegnato con i suoi pazienti: usciva, cosa che prima non faceva mai.

Lo diceva non con il tono compiaciuto di chi si sente sollevato dal senso di colpa, sia pur dovuto alle proprie esigenze professionali, e prova gioia a sapere che la sua compagna non si annoia aspettando lui; c'era un'ironia sottile nella sua voce, che Francesca sembrava non recepire ma che non sfuggiva ad Elena. Così come non poteva sfuggirle il modo subdolo con cui lui, immancabilmente, ricordava a Francesca la preparazione della prossima seduta con il gruppo, sfoderando subito un "voglio vederti brillare come sempre, davanti a quelle otto paia di occhi che ti guardano ammirati" e poi "buona passeggiata, Amore, divertiti". Neppure un saluto particolare per Elena, tranne un frettoloso "ciao".

Francesca definiva tutto ciò come l'espressione della preoccupazione di Marco per il suo successo e della grande nostalgia che già provava per la sua assenza:

-Ma ti rendi conto? Non può stare un minuto senza me. E' innamorato pazzo e ciò mi inebria. -

Elena era sempre più perplessa e cominciò ad accorgersi ben presto dell'alone di dolcezza di cui Francesca vedeva ammantata ogni affermazione ed ogni azione del suo compagno, arrivando perfino a scusarne le cattive maniere. Per esempio, quando lui le passava il telefono senza nemmeno salutare Elena e dicendole sgarbatamente, in modo che questa lo sentisse, "è di nuovo Elena", Francesca prendeva la comunicazione dicendole subito:

- Marco è così sbrigativo perché non vuole rubare tempo alla mia conversazione con te .-

Avrebbe fatto meglio a stare zitta, pensava Elena le

prime volte, visto che non voleva riconoscere il fatto come pura maleducazione. Ma poi capì che sua cugina era in buona fede e che a non funzionare fossero le sue capacità di discernimento ed interpretazione della realtà. Ma non si sentiva di dirle quanto fosse stizzoso il tono con cui Marco le aveva risposto "eccola", senza neppure salutarla, prima di passarle il telefono.

Ora Elena metteva insieme tutte le tessere di quel brutto mosaico, fin dal momento in cui lui le aveva dato la mano la prima volta, non con una stretta cordiale ma con un contatto sfuggente e spiacevole come i suoi occhi.

Lei sapeva molto sul linguaggio del corpo, in parte grazie alle sue letture e molto per la sua sensibilità, che rasentava la sensitività; e, quando le tornava in mente quella prima sensazione negativa, doveva ricorrere a tutta la sua razionalità e ripetersi che, però, lui rendeva così felice Francesca…e quella era l'unica cosa che contasse davvero. Comunque, cominciò a pensare sempre più spesso all'atteggiamento negativo di Renato verso la loro cugina e, pur non condividendolo, si disse più di una volta che forse era vero, qualcosa in questa donna non andava.

Fu proprio con questi pensieri e con l'intento di approfondire la propria conoscenza di Marco e magari di poter fugare qualche suo dubbio su di lui, che una domenica li invitò a pranzo, badando a creare un'atmosfera rilassata e piacevole, estendendo l'invito ad una coppia di suoi amici: Marco non doveva sentirsi inquisito né ridurla al ruolo di cuoca e cameriera, mentre lui si sarebbe profuso in lodi e smancerie varie con la sua Francesca.

Purtroppo, tutto andò secondo le peggiori previsioni di

Elena,nonostante gli ammortizzatori e tutta la cura che lei aveva dedicato ad alleggerire l'evento con cui, senza averlo previsto, lo avrebbe smascherato nel suo piano diabolico ai danni di Francesca.

Marco focalizzò la sua conversazione ed il suo sguardo solo su Francesca, ovviamente, e sugli altri due, non rivolgendo mai la parola ad Elena, se non per servirle il vino, quando capitò che fosse lui a versarlo agli altri.

Francesca sembrava non accorgersi di niente ed era stranamente loquace, come Elena non la ricordava, ad eccezione di quell'orribile ultimo giorno in barca; quando aveva continuato a parlare e parlare, come un pappagallo ammaestrato da Massimo.

Parlava con tono da esperta del caso che stavano discutendo già da un po': il comportamento ripetutamente autodistruttivo che la figlia dei due amici teneva in ognuna delle sue relazioni sentimentali.

Infatti, come capita spesso quando a tavola c'è un esperto di qualche materia, la coppia aveva chiesto a Marco il suo parere in proposito e lui, pur esponendolo, lasciava largo spazio a Francesca, che dissertava su complessi, patologie e terapie; e lui lì, ad approvare con cenni della testa ogni sua parola, sottolineando anche, un paio di volte, come Francesca avesse centrato il problema.

Disse anche che ormai era completamente entrata nel suo proprio campo lavorativo e che la sua collaborazione gli era preziosa nella gestione del gruppo di autoconoscenza che gestivano insieme.

Elena non potette fare a meno di domandarsi se non ci fosse, seduto a tavola, un altro esperto addestratore di pappagalli: e la risposta a questo suo interrogativo non si sarebbe fatta attendere per molto.

Erano infatti al secondo, quando improvvisamente Francesca si scusò per l'interruzione dell'interessantissima conversazione e dovette lasciare momentaneamente la tavola: fu a quel punto, cioè subito dopo che Francesca era uscita dalla stanza, che Marco fece una strana osservazione su come sia semplice, una volta individuato il punto debole della personalità di chiunque, fare leva su quello per ottenere ciò che si vuole dalla persona.

La leggerezza del suo tono e il modo in cui le sue parole si adattavano a quanto qualcuno di noi aveva detto poco prima non lasciavano dubbi sulla consequenzialità del pensiero di Marco e non permise agli altri di realizzarne la gravità. Ma non sfuggì ad Elena, il riferimento privato mentale di lui a Francesca, che aveva lasciato la tavola con il rincrescimento del grande docente che deve interrompere la sua dissertazione.

Finse indifferenza e neutralità di giudizio, non volendo bloccare quell'esternazione di Marco del proprio pensiero; ma Francesca stava tornando a tavola e la conversazione riprese il verso di prima.

Quel giorno Elena capì il pericolo che Francesca stava correndo: un secondo plagio ed il conseguente nuovo distacco dalla realtà.

Possibile, si chiese, che fosse così debole da diventare dipendente dal primo manipolatore che volesse il potere sulla sua volontà? Quello del momento era un professionista del terreno mentale da manipolare, ma anche Massimo ci era riuscito, senza alcuna preparazione specifica.

Si ricordò di avere già avuto un sospetto del genere, durante le due riunioni del gruppo a cui aveva partecipato, dopo essersi iscritta il mese prima.

La deferenza con cui Marco si rivolgeva a Francesca durante la seduta, elogiando le sue osservazioni ed invitando i partecipanti a leggere i libri citati da lei nei suoi interventi, le era sembrata alquanto eccessiva, quasi servile; né più e né meno del suo continuo tenerle la mano quando erano solo loro tre.

Ma non ci aveva pensato più di tanto, allora, avendo già saputo da Francesca quanto lui ammirasse le sue doti intellettuali:

- Mi ammira per il mio cervello, oltre che per il corpo e l'aspetto che facevano impazzire Massimo. Le mie doti fisiche sono importantissime anche per Marco; non potrei mai sopportare che passassero inosservate, è ovvio, ma mi sento finalmente completa.- Le aveva detto un giorno, mentre in macchina era uscito un accenno al fatto che Massimo l'aveva conquistata e trattenuta nella sua rete perché lei si sentiva continuamente gratificata e, quindi, "potente" su di lui.

Corpo...cervello..., rifletteva Elena, e l'anima? Sua cugina aveva un'anima, una coscienza di sé, a prescindere da chi e se gliela riconoscesse qualcuno al di fuori di lei stessa? Che cosa vedeva Francesca, quando si guardava allo specchio? Semplicemente un bell'involucro vuoto, o al massimo pieno di tutte quelle formule fredde che la sentiva snocciolare in continuazione (e di cui non si era mai interessata ai tempi di Vogue e delle altre riviste patinate)?

- Ma dimmi:- aveva chiesto a Francesca in quell'occasione

– come sei arrivata a questo interesse che sembra ormai fare parte di te…la psicologia, voglio dire? –

- Ero alla ricerca di qualcosa che mi aiutasse a non pensare a come la vita con Massimo fosse cambiata, in peggio, già lo sai. Prima andavo per negozi oppure cambiavo l'arredamento di casa a mio piacimento, senza badare a spese. E un bel giorno…tutto finito. Amici mi hanno parlato di libri e di conferenze new age, mi hanno coinvolto in corsi vari…sai, questi corsi di danza che dovrebbero aiutare la mente ad esprimersi attraverso il movimento…queste cose così. E un giorno, visto che Massimo se ne voleva stare per conto suo a fare un po' di conti, ho accettato l'invito di un'amica a partecipare ad una seduta del corso di Marco. Fine della storia.-

- Vuoi dire che hai subito cominciato il full-immersion con la psicologia? E Massimo? Che ne pensava?- aveva domandato Elena.

- Che ne pensava…Si preoccupava che queste sedute costassero troppo. Di cosa parlavamo con il gruppo, non me lo ha mai chiesto; fino a che Marco non ha fatto in modo di incontrarci e di cominciare a frequentarci in coppia… ma questo è successo dopo un po' che ci eravamo incontrati ad una cena a casa di amici comuni. L'invito della mia amica a partecipare alla seduta del gruppo e quello a questa cena sono stati quasi contemporanei e ho scoperto solo da poco che era stato Marco a dire alla mia amica di coinvolgermi nel gruppo, perché mi aveva adocchiato alla cena…c'erano Massimo e la sua compagna, capisci? –

Ancora questa parola, fra loro. Certo, Elena capiva benissimo; e intanto aggiungeva tessere al suo mosaico di manipolazione da parte di Marco. Povero Massimo: c'era rientrato anche lui…designato, fin dall'inizio, all'eliminazione dalla scena, insieme alla compagna di Marco.

Si ritrovò a pensare a come, dieci anni prima, aveva visto anche Massimo cadere preda di una personalità molto più forte della sua…e le tornò in mente quel processo di identificazione con Carlo, a cui aveva assistito in quei due unici giorni in barca e che, a differenza di quanto stava accadendo adesso tra Francesca e Marco, non era stato voluto dal suo compagno. "Possibile che menti deboli possano lasciarsi plasmare così facilmente dai propri desideri di gloria e di successo o da un desiderio di emulazione che, comunque, le gratifichi?", pensava Elena, mentre riviveva quel primo giorno con loro a Portofino.

Elena aveva sempre saputo che Massimo era un grande amante del mare e della vela in particolare: già da ragazzo affermava di voler prendere la patente nautica e che, prima o poi, si sarebbe comprato una barca.

Però, data la sua poca tenacia nel perseguire i suoi progetti, la patente era arrivata solo molto tardi, poco prima della famosa crociera e quando i suoi soldi erano quasi finiti. Li aveva sentiti parlare, lui e Francesca, di barche che andavano a vedere durante i finesettimana; del Salone Nautico di Genova e del fatto che Massimo si sentiva come un lupo chiuso in una gabbia, al pensiero di non poter realizzare il suo sogno subito, dopo avere conseguito la patente. Le avevano detto anche che la barca sarebbe arrivata con la parte dell'eredità di Francesca, per la quale il notaio l'aveva già convocata.

Ecco perché aveva proposto a Carlo di invitarli ad andare con loro in Sardegna, quell'estate...l'estate della fine della loro amicizia.

- Amore, dovresti vedere la luce di desiderio che si accende negli occhi del marito di mia cugina, ogni volta che gli racconto delle nostre uscite domenicali: la barca, lo so, è il desiderio più grande di Massimo, da sempre. Solo, che quelli di Francesca sono sempre venuti prima, per lui; e i soldi cominciano a scarseggiare. Ti piacerebbe conoscerli e farli uscire con noi una domenica? Veramente, mi piacerebbe anche portarli con noi in Sardegna, se tu fossi d'accordo...il fatto è che non hanno mai fatto vita di barca e non so se sarebbe il caso...specialmente Francesca, ce la vedo poco, con l'idea che ha del confort, che per lei è uguale a zero: pur di fare colpo, è pronta a mandare funzionalità e comodità a farsi benedire.-

- Come quadro generale, non mi pare dei più entusiasmanti e devo ammettere che non mi vorrei ritrovare con dei pesci fuori dell'acqua...ma se tu ci tieni, perché no? Invitiamoli ad uscire in mare con noi queste poche domeniche che rimangono prima della nostra crociera e vediamo.- Aveva risposto Carlo, della cui disponibilità Elena non aveva dubitato.

Massimo era al settimo cielo, quando gli telefonò, e non mise tempo in mezzo: era venerdì, Elena lo ricordava bene, e disse che l'indomani si sarebbero attrezzati del minimo indispensabile e che Francesca avrebbe di sicuro acconsentito.

Ma la domenica mattina si presentò solo, all'appuntamento al porto, dicendo che Francesca si scusava ma non era riuscita a prepararsi per quell'uscita in barca. Carlo chiese ad Elena, la sera quando Massimo se ne fu andato, che cosa ci fosse da preparare, oltre a un paio di jeans e una giacca a vento.

- Mia cugina è fatta così- fu la risposta leggera che Elena gli dette e non ne parlarono più.

-In compenso, Massimo mi sembra davvero entusiasta e capace…anche se un po' troppo firmato, per i miei gusti; ma, affari suoi.-

Dunque, i due uomini si erano conosciuti e c'era stato il click fra marinai: Elena era contenta per Massimo; quanto a Francesca, conoscendola, si sarebbe adattata a Massimo e ai suoi desideri di navigazione, anche se non aveva mai detto di amare il mare quanto lui.

Carlo sapeva che Elena era molto affezionata a quei due, di cui gli parlava spesso; ed era anche a conoscenza della storiella poco più che platonica che lei aveva avuto con Massimo quando aveva vent'anni. Sapeva che li vedeva spessissimo e che, praticamente, costituivano una specie di famiglia, loro tre, in cui non si era mai presentata, per lui, l'occasione di entrare. Era contento della proposta di Elena.

Carlo non era prevenuto nei confronti dei due, nonostante Elena gli avesse sempre detto quanto loro fossero diversi da lei, nel modo di guardare alla vita: il fatto che lei, nonostante tutto, fosse così affezionata a loro gliela faceva apprezzare ancora di più.

- Una cosa che mi piace di te - le aveva detto – è la capacità che hai di glissare sulle diversità…lo fai talmente bene che riusciresti a far crescere le palme al Polo Nord.-

In effetti non aveva torto, riguardo alla cugina di Elena e a suo marito, perché Elena era l'ultima persona che lui potesse immaginare come talmente piena di spocchia da considerarsi superiore a tutti in tutto; atteggiamento che sapeva appartenere a quei due che non conosceva ancora. Aveva saputo da lei che non avevano né arte né parte, oltre al maneggio che lui non sapeva gestire, e che si erano potuti permettere di non portare a termine studi universitari o altri impegni lavorativi. Dai racconti di Elena, i due sembravano fatti con lo stampino: ma lui non aveva mai avuto pregiudizi riguardo alla libertà individuale. Si era fatto da sé, come Elena, del resto...e che gli altri facessero quello che più gli piaceva era il suo motto.

Era fermamente convinto che Elena avesse ragione quando gli aveva detto:

- Sai, vivere su una grande proprietà di famiglia e sapere che se ne erediterà una grossa fetta può cambiare radicalmente il punto di vista da cui si guarda la meta universitaria da raggiungere. Massimo ha intrapreso studi universitari diversi, ma sempre con lo stesso spirito con cui sceglieva gli optional delle sue macchine e moto di lusso. E dopo avere smesso definitivamente i panni dello studente, non prima di avere coinvolto anche Francesca nella scelta di una facoltà comune che nemmeno ricordo, si è potuto permettere di investire un bel capitale nel maneggio di cui sai. Solo che, se riguardo al suo interesse per l'animale cavallo non ho dubbi, perché lo abbiamo sempre visto a cavallo e sapevamo tutti quanto amasse il suo primo, quello che aveva ancora quando ha conosciuto Francesca....-

- Ma tutti chi? – l'aveva interrotta Carlo, sempre più

curioso di quella storia assurda, perché fuori della vita normale.

- Tutti noi del gruppo di amici: ai tempi del liceo, anche gli universitari erano ancora in contatto con noi più piccoli...Francesca no, perché era ancora praticamente in fasce. Ti stavo dicendo che una cosa era il suo amore per il suo animale e un'altra la capacità di amministrare un capitale troppo legato a variabili, come possono essere gli animali, che mangiano sempre e sempre devono essere accuditi, e le condizioni del tempo, che ti mandano più o meno clienti. Senza contare poi, che Massimo non si è mai dovuto alzare presto, eccetera eccetera.

Da ragazzo, a meno che non piovesse, usciva tutti i pomeriggi sul suo bellissimo puro sangue dall'aspetto aristocratico come il suo padrone; non solo sulla proprietà di famiglia, che era appena fuori della città, ma anche sulla strada che le collegava. Vedrai anche tu che aria distinta ha Massimo, quasi da signore di altri tempi: alto, magro e con i capelli, un tempo nerissimi, appena un po' brizzolati sulle tempie. E da giovane aveva quello stesso aspetto da stampa inglese, da caccia alla volpe, per intenderci. Diceva di amare i cavalli per la loro classe naturale e per la grande dignità nell'incedere, in una parola: per la loro eleganza.

"Per la tua propria spocchia", bisbigliavamo malignamente ed immancabilmente noi,

ogni volta che se ne parlava. Ma gli volevamo tutti bene...-

- E tu te ne sei pure innamorata...-

- E' vero, ma avevo vent'anni e il fatto che fosse l'unico, e per giunta molto più grande di me, con cui potessi parlare di libri per un tempo infinito mi ha fatto vedere lucciole per lanterne. Di certo non ci potrei cadere adesso, visto che siamo così diversi in tutto.-

- E dimmi del maneggio- volle sapere Carlo.

- Il maneggio…è durato qualche anno, ma faceva acqua da tutte le parti, nonostante le apparenze. Come puoi immaginare da tutto ciò che ti ho detto sul proprietario, era un centro sportivo molto esclusivo, dove anche l'ultimo degli stallieri doveva sapersi comportare molto educatamente con la clientela, crema della crema anche delle città vicine. Era il Country Club più noto tra i vari che c'erano in zona ed è lì che un giorno era arrivata Francesca, splendida diciottenne al seguito di uno dei suoi fratelli, che era in cerca di un posto dove potesse continuare a praticare l'equitazione nei brevi periodi di vacanza che trascorreva in Italia. Studiava ad una università svizzera.

Massimo rimase folgorato da quella bellezza "ancora non del tutto sbocciata", come me la definì parecchio tempo dopo; o forse semplicemente non ancora ostentata, anzi velata dalla timidezza estrema di quella ragazza alta e bionda, dall'aspetto nordico.

Quando ne parlammo, mi confidò che l'aveva immediatamente soprannominata Ingrid nella sua mente; Bergman, naturalmente. E quello fu il nome con cui le si sarebbe rivolto per i prossimi dieci anni e più, cioè da quando li frequento insieme.-

- Lo ha praticamente stregato a prima vista. -

- Hai ragione, è stato proprio così…ma farle capire fino a che punto…è stata la sua rovina. –

- Elena, non credi di stare esagerando? E' come se

volessi scusarlo per essersi, lui stesso, rovinata la vita; almeno da quanto riesco a capire del personaggio che mi hai descritto.-

- Assolutamente no. E so che può essere difficile capire... Il fatto è che anche quel nome, usato da lui sia nel loro privato che in pubblico, contribuì a fugare dalla mente di Francesca anche il minimo residuo di insicurezza, trasformandola nel mostro di sfrontatezza che è oggi con lui, nell'accampare tutte le sue pretese. Ti ho detto che non può più permettersi la barca; be', se fosse stato più oculato e meno pronto ad esaudire ogni desiderio della sua Ingrid, ne avrebbe potute comprare tre, di barche.

Comunque, sto dicendo tutto questo solo perché sei tu e perché voglio che tu conosca le persone che usciranno in barca con noi; e poi, lo sto dicendo con tutto l'affetto che mi lega a quei due. Altrimenti non ti avrei proposto di portarli con noi in Sardegna...giusto? –

- Ma sì che capisco tutto questo, stai tranquilla; non lo prendo come un pettegolezzo.

Ma possibile che abbiano avuto un tenore di vita così alto da dissipare un patrimonio che, almeno da quanto dici, doveva essere notevole?-

- Proprio così. Sono stati molto poco oculati nelle spese; soprattutto lo è stato lui, che era il più maturo, si fa per dire, dei due. Torno a ripetere che lei era ed è solo una bambola in balia dei complimenti e delle accortezze di lui, che le hanno messo in testa che basta una battuta d'occhi, quando questi sono belli, per far girare il mondo secondo il proprio volere.-

-Senti, non vedo l'ora di conoscerli: pura curiosità,

ormai, e...-

- E...?- lo incalzò Elena.

- E che Dio ci assista; perché lei non mi sembra proprio il tipo da barca, cioè capace di adattarsi ad una vita spartana e non da Crociere Costa.-

- Hai centrato il punto. Ecco perché vorrei che uscissero con noi questo paio di domeniche che rimangono e che partecipassero alla preparazione della barca. Intanto tu te li potresti studiare un po'...-

E fu così che Carlo e Massimo controllarono interno ed esterno della barca in quelle due settimane, incontrandosi come vecchi amici e lupi di mare, andando a pranzo al ristorante del cantiere dove Carlo la teneva e tornando a casa, a sera tarda, tutti e due contenti anche della nuova amicizia. A quel punto, Francesca sembrava avere perso importanza agli occhi attenti di Carlo, in quanto sarebbe stata di sicuro in minoranza e si sarebbe dovuta adattare per forza. Per quanto viziata fosse, non era più una bambina.

Arrivò così il giorno della partenza e i quattro si erano dati appuntamento alla barca intorno alle nove, anche se Elena, Carlo e suo figlio sarebbero stati lì molto più presto di quell'ora: erano i più esperti, compreso il bambino, e tutto doveva essere perfetto.

Era una giornata molto calda, già dalle prime ore, e Francesca era semplicemente ridicola, nel suo abbigliamento da grande yacht, quando comparvero sulla banchina e percorsero poi il molo di legno che separava le barche dal parcheggio.

Era evidente che nella sua mente quella ventina di

metri del molo si erano trasformati nella passerella di una sfilata di moda...forse se lo era anche studiato nei giorni precedenti, quel suo defilé; e dalle altre barche tutti, letteralmente tutti, si erano voltati a guardarla, schermandosi gli occhi con le mani, nel sole d'agosto già alto e caldo a quell'ora.

Era bellissima...ma come strideva con l'abbigliamento comodo di tutti gli altri, persone abituate alla vita di mare e non alle pagine patinate che lei, invece, doveva essersi studiate a fondo in quei giorni di preparativi. Inoltre, doveva avere anche caldo.

Elena sapeva che sua cugina aveva sempre sostenuto di essere "atermica", giustificando così il fatto che nel suo armadio non esistesse una sola blusa o abito che non fossero rigorosamente a maniche lunghe, anche in estate; ma quel giorno aveva di certo esagerato, presentandosi in un blazer blu, con bottoni d'oro sul doppio petto, pantaloni bianchi e scarpe di pelle stringate, con la suola di cuoio. Al confronto, Elena e le altre donne lungo il molo, con le loro espadrilles e i bermuda, sembravano mozzi pronti all'imbarco e che avrebbero caricato, di lì a poco, i bauli della principessa a bordo di qualche yacht ancorato in rada.

Carlo rimase senza fiato...ma per la semplice ragione che aveva capito subito di dovere impedire a Francesca di salire in barca con quelle scarpe. Trovò le parole adatte e l'incidente diplomatico finì lì. Tanto più che lei non realizzò minimamente l'imbarazzo altrui, presa come era dal suo ruolo di prima donna.

Mentre portavano a bordo le loro eleganti borse da

viaggio, Elena si domandava come fosse possibile che Massimo non avesse notato l'aspetto fuori luogo di sua moglie; ma anche questo suo pensiero durò poco, perché Francesca si cambiò in qualcosa di più comodo e tutti si misero al lavoro, compreso Antonio, che aveva il compito di sistemare le bottiglie di acqua minerale in un angolo sicuro e fresco.

Ma le sorprese sarebbero durate ancora, in quelle poche ore che li separavano dalla partenza, decisa per il primo pomeriggio.

I due uomini cominciarono a trafficare con il motore, dove Carlo aveva interrotto una qualche operazione quando i due erano arrivati; e mentre lavoravano Elena notò che, al contrario di Francesca, Massimo era vestito in modo molto pratico, pur rimanendo nel suo stile raffinatissimo dai colori bene assortiti:era la prima volta (la prima nella loro lunghissima conoscenza) che lo vedeva con una T-shirt e non con una delle sue camicie fatte su misura, estive o invernali che fossero. Perfino quando andava a cavallo, le sue casacche e le sue sahariane erano diventate proverbiali.

Ma tutto questo fu realizzato da Elena solo dopo un po': ciò che l'aveva colpita di più era stato il modo di muoversi con disinvoltura a bordo, sempre consigliandosi con Carlo, ma come se conoscesse la barca perfettamente e avesse ore ed ore di navigazione alle spalle.

Il bell'uomo alto e bruno, che credeva di conoscere benissimo da sempre e che l'aveva anche attratta nella sua rete di fascino parecchi anni prima, le appariva improvvisamente un estraneo ed attribuì tutto ciò all'euforia di lui per il fatto di trovarsi nel proprio elemento, il mare, con la donna che amava e con la prospettiva di rimanervi per due settimane.

Il suo modo un po' altezzoso di guardare tutti dal suo piedistallo era completamente sparito e sembrava trovarsi a suo agio perfino con Antonio, che aveva appena incontrato per la prima volta; tanto che il bambino, fin dai primi minuti, gli si era rivolto senza la minima soggezione.

In jeans e maglietta aveva un aspetto del tutto "normale"e, per la prima volta, Francesca stonava al suo fianco: sembrava essere lì per caso, di passaggio verso qualche evento sociale a terra, anche dopo essersi cambiata in un paio di shorts e un top intonato nei colori, che mettevano in risalto le lunghe gambe ed il bel seno, che anni di complimenti di Massimo le avevano insegnato a sfoggiare. Sarebbe stata perfetta per l'ora di cena, non per aiutare Elena ad organizzare la cucina e la cambusa. Per fortuna, era piena di buona volontà.

Parlava anche in modo diverso, Massimo, ed Elena non riusciva a fermare nessun fotogramma di quel film straordinario, che le potesse spiegare quella metamorfosi.

Trovandosela molto vicino, in modo che gli altri due non potessero sentire, chiese a Francesca:

- Che cosa c'è di strano in Massimo oggi? E' diverso.-

- E' così da una settimana; dall'ultima volta che è stato a pranzo qui con voi e poi siete usciti in mare, mentre io ero all'outlet.-

- E?-

- E niente...non ha fatto altro che ripetermi che Carlo è un uomo meraviglioso. Lo ha definito come l'amico che non aveva mai avuto, quasi un suo prototipo ideale che aveva ricercato in tutti gli altri. Che gli piace il modo che ha di vestirsi casual…che è un uomo fortunato perché ha i soldi, la barca e…il figlio.-

- Si è riaperta la piaga?-

- Sì. Ma chi se ne frega: gli sta già passando e due settimane in mare lo distoglieranno dall'antica fissazione. Ma ti pare che ne dobbiamo ancora parlare? Eravamo d'accordo fin dall'inizio…e perfino tu lo sai.-

Elena non replicò e Francesca sapeva bene come interpretare il suo silenzio diplomatico.

Le interruppe Antonio con una delle sue idee avventurose sulla traversata che si accingevano ad iniziare:

- Che ne direste di preparare i retini per i totani che questa sera verranno a centinaia intorno alla barca? Niente fucili subacquei però, perché li ributteremo a mare.-

- Oh, certo; - gli rispose Elena – intanto prepara il tuo: l'ho poggiato su quel sedile proprio due minuti fa.-

E fu per prendere il retino che Antonio lasciò la cassa di bottiglie di acqua, che stava trascinando mentre pensava ai totani, proprio dietro ad Elena; che vi inciampò, finendo contro il tavolo e il coltello del pane…dopo di che tutto prese un ritmo rocambolesco e surreale, concludendosi tragicamente per Elena nella fine di un'amicizia durata tutta la vita e, visto che non aveva voluto mai accettarla prima, con l'evidenza della labilità delle menti di Francesca e Massimo.

Questi, però, rimase fisso nella mente di lei, per i prossimi dieci anni, come il motore, sia pure a sua volta debole, che aveva mosso tutta la vicenda.

A tutto questo ripensava Elena, in quei dieci minuti in cui Francesca si assentò dalla tavola, a casa sua, e mentre Marco faceva la sua asserzione sulle debolezze altrui.

Ecco il perché dell'eccessiva deferenza di lui verso le doti intellettuali di sua cugina...e di tutte le letture che le consigliava e di cui lei andava tanto fiera, nelle loro conversazioni tra amiche.

Francesca le aveva anche detto che, fino al momento in cui si erano ritrovate, era solita passare le ore in cui Marco lavorava leggendo e preparandosi per il meeting settimanale del gruppo. Non che avesse smesso di farlo adesso; ma, prima, non c'era mai stata un'uscita senza di lui, mai.

Il pranzo finì ed i cinque amici si attardarono un poco, tra caffè e cioccolatini vari portati da Francesca, per salutarsi alla fine del pomeriggio.

Più tardi, mentre riordinava la cucina e il soggiorno, Elena cominciò a riandare con il pensiero a tanti piccoli particolari che aveva notato nell'ultimo paio di mesi ed ai quali non aveva attribuito molta importanza, in quanto li aveva guardati attraverso gli occhi entusiasti di Francesca, che si trovava a vivere una storia totalmente nuova, dopo una routine matrimoniale durata venti anni.

Ma dopo quanto era successo a pranzo il puzzle sembrava avere trovato un senso e il quadro che ne uscì non le piacque.

Si disse che quell'uomo doveva avere un piano in mente, che non si limitava allo scopo di tenere stretto a sé il gioiello prezioso di cui era entrato in possesso...o meglio, il motivo di non volerlo perdere non era semplicemente il suo essere innamorato di Francesca alla follia, come voleva far credere non solo a lei.

La stessa evidente antipatia che provava per lei, Elena, non poteva essere soltanto quel sentimento spiacevole che tutti, prima o poi, sperimentiamo nei confronti di qualcuno.

E più ci pensava e tanto più convinta era che Marco, per strano e particolare che fosse, doveva comunque conoscere le basilari buone maniere per muoversi fra la gente. Non avrebbe potuto praticare la professione, se non avesse saputo come rapportarsi ai suoi pazienti, prima di tutto come essere sociale, anche se non molto socievole nel suo privato.

No, quello che provava per lei non era semplicemente una forte antipatia istintiva...era odio allo stato puro, che lo avviluppava quando lei e Francesca erano insieme, con o senza altre persone presenti. Ed era un sentimento forte che lui, sebbene esperto del settore, non riusciva a dominare...doveva essere collegato a qualcosa che per adesso le sfuggiva. Si sarebbe tradito di nuovo, come aveva fatto a pranzo, durante la breve assenza di Francesca dalla tavola; doveva essere proprio lì il bandolo della matassa: se vederla con Francesca gli scatenava una reazione di odio incontrollabile, trovarsi davanti solo lei gli aveva fatto abbassare la guardia e si era lasciato scappare quell'affermazione sui punti deboli che prestano il fianco alla manipolazione.

Il grande professionista di cui parlava Francesca non era capace di autogestirsi, di rapportarsi a situazioni comuni, nelle quali basterebbe lasciarsi guidare dal buonsenso: la sua posizione professionale non avrebbe dovuto permettere che trapelasse, in una conversazione leggera e al di fuori dell'ambito medico, la capacità di manipolazione di cui essa è dotata e gli avrebbe dovuto fornire la lucidità per gestire i propri sentimenti.

C'era qualcosa che non quadrava, in quell'uomo; qualcosa di patologico o di diabolico, che Elena intendeva capire e smascherare, se fosse stato necessario per il bene di Francesca.

Arrivò alla deduzione che, da vero maleducato o no, il trattamento che le aveva sempre riservato doveva essere parte di una sua tattica ben meditata, di allontanamento del nemico; e, viste le sue competenze psicologiche, anche collaudata. Ma perché?

Anche durante le due sedute del gruppo, riflettè, non si era mai rivolto a lei e non aveva mai richiamato l'attenzione degli altri su qualche idea espressa da lei. E, se uno o l'altro dei partecipanti lo aveva fatto, aveva sempre prontamente recuperato con un "E' vero. Non lo avevo notato", senza mai aggiungere lo "Scusami", che invece rivolgeva a tutti gli altri nelle rarissime situazioni simili.

Possibile che si trattasse solo di coincidenze?

"No. Ecco il bandolo della matassa...", si ripetè Elena, bloccandosi nell'aprire la porta del frigorifero, per riporvi ciò che era rimasto nel piatto da portata che Marco aveva porto a tutti, meno che a lei.

La stava trattando come se fosse trasparente, inesistente; proprio come aveva letto in qualche articolo di medicina psichiatrica: questo è il modo in cui alcuni pazienti si "rapportano" al mondo, cioè si isolano da questo. Ciò induce molti ad allontanarsi da loro e a liberarli, mentre solo le persone che li hanno cari insistono a frequentarli, nonostante il loro comportamento più che sfuggente.

Le sembrò ovvio che uno psichiatra dovesse sapere che questo modo di agire, anche al di fuori di una situazione patologica, funzionasse anche nella vita delle persone normali: a nessuno piace sentirsi rifiutato e, secondo Marco, prima o poi lei si sarebbe allontanata.

Di che cosa aveva paura quel manipolatore di menti? Quale suo scopo losco temeva che Elena potesse fargli fallire? Perché a tavola, quando aveva parlato di personalità vulnerabili, di punti deboli, nella sua mente si riferiva di certo a Francesca.

Non avrebbe mollato, voleva andare fino in fondo e verificare la sua intuizione improvvisa e folgorante che sua cugina fosse caduta dalla padella nella brace.

Passarono alcuni giorni e una mattina Elena arrivò da Francesca e la trovò circondata da libri e dizionari scientifici, sparsi sul divano e sulle poltrone del soggiorno al piano di sopra.

- Vieni, sposta qualche libro e siediti. Sono indietro con la preparazione della seduta di oggi. Ci sarai, vero?-

- Sì, certo. Adesso sono passata solo per il caffè che mi hai offerto al telefono ieri.

Tornerò poi per le sei.-

- Bene. Mi ci vuole proprio una pausa. Dai, spostiamoci in cucina…ma ho davvero soltanto il tempo di un caffè, scusami, perché voglio tenere una lezione all'altezza di Marco.-

- Una lezione? Ma non si tratterà di un colloquio aperto,

come sempre?-

- Sì, ovviamente. Solo che il tema principale che abbiamo scelto è talmente serio e stimolante, che avrò parecchie cose da dire, vedrai, contro quei porci. L'argomento di questa sera sarà la pedofilia: ci è venuta questa idea ascoltando la terribile notizia in TV, sullo zio che ha abusato della nipotina di nove anni e che si è discolpato dicendo che lei era consenziente. L'hai sentita?-

- Certo che l'ho sentita. Orripilante.-

- Quando ne abbiamo parlato, Marco ha detto che queste cose esistono e la società deve confrontarsi con loro, senza esprimere giudizi ma fornendo le cure: punto e basta. A me sembra un po' poco...e voglio essere ben documentata, pronta anche a controbatterlo, se sarà necessario. Non credi che io abbia ragione? Ma lui è sempre così distaccato; professionalmente, voglio dire. Io no. Mi va il sangue al cervello, quando sento queste cose.-

- Hai ragione. Io li chiuderei in prigione a vita e basta. Tutte le cure del caso...ma lontano da altre possibili piccole vittime innocenti.-

Se Francesca era arrivata ad avere un'idea tutta sua e così forte, forse stava davvero maturando, pensò Elena mentre finiva il suo caffè; ma era finita lì, la loro conversazione. Si erano confermate l'appuntamento della sera e scambiate il solito saluto affettuoso.

C'era uno strano fermento, quando arrivò di nuovo, con un ritardo di una decina di minuti davvero insolito per lei. Stranamente, erano già tutti lì e Marco aveva già iniziato la seduta: un'altra coincidenza? Di solito concedeva a tutti il quarto d'ora accademico. Comunque, la discussione era ancora di tono informale perché, appena era stato loro comunicato il tema scelto da Marco e Francesca, si erano subito formati piccoli sottogruppi, che per il momento producevano solo un gran brusio; ed Elena riuscì a capire che la causa del fermento era il fatto che il consueto ordine del giorno, secondo il quale era sempre Francesca a parlare per prima, era stato modificato.

Evidentemente anche per gli altri ciò costituiva una novità; da quando Elena si era unita al gruppo, Marco aveva sempre invitato Francesca a prendere la parola, con quella eccessiva deferenza, che solo lei sembrava avere notato.

Ci volle quasi tutta la prima ora, delle solite due, perché Elena arrivasse a capire il perché di questo cambiamento voluto da Marco: dalla piega che il dibattito prese immediatamente, si capiva che tutti erano d'accordo sul ritenere scioccante la notizia diffusa dai media e sul fatto che questo tipo di avvenimenti stesse diventando sempre più frequente.

Gli occhi di Francesca esprimevano continua approvazione e impazienza di confermare questo punto di vista sui fatti di cronaca che tutti conoscevano e che Marco aveva riassunto brevemente...ma come mai non la lasciava parlare? E perché quell'assenza di elogi per lei?

All'improvviso Elena ebbe un flash riguardo a qualcosa di apparentemente irrilevante accaduto nella mattinata, mentre lei e Francesca parlavano della prossima seduta: aveva avuto bisogno della borsa che aveva lasciato all'ingresso ed era uscita dalla cucina per andare a prenderla. Quasi si era scontrata con Marco, che si era rivolto verso la consolle, completamente vuota tranne che per la lampada, cercando qualcosa su di essa. Le era ovvio solo adesso che era stato lì ad origliare, a spiare i preparativi di intervento per la riunione della sera: come già lei gli aveva fatto chiaramente capire, quello di Francesca non avrebbe concordato con il suo, per una volta, e avrebbe sicuramente incontrato il consenso generale, ma solo perché avrebbe costituito il commento più banale dell'accaduto; doveva mantenere il comando sulle altre menti, che invece avrebbero concordato con lei, come l'apertura del dibattito stava dimostrando.

Marco cominciò a commentare i fatti in maniera diametralmente opposta a quanto tutti si sarebbero aspettati, compresa Francesca che, parlando con Elena, aveva interpretato come puro distacco professionale il cinismo di lui al riguardo.

Gli ci vollero non più di un paio di minuti perché il gruppo, Francesca compresa, si zittisse e cominciasse a pendere dalle sue labbra, appena un po' incredulo all'inizio e subito dopo completamente soggiogato dalle parole del grande guru.

Non era certo questo che Elena si sarebbe aspettato, dopo il breve colloquio appassionato della mattina con Francesca. Ma ciò che la indignò di più, e la intrigò, fu l'improvviso non reagire di tutti i presenti; neppure con una semplice mossa di disagio sulla poltrona o con un'alzata di mano, per prenotare un intervento.

In un crescendo di luoghi comuni e di sciocchezze, Marco stava affermando che la pedofilia esisteva, che era un "atteggiamento" da combattere, ovviamente, ma che andava curato come tutte le malattie e non punito; non lo si poteva arginare, perché era antico come il mondo... per culminare nella decisa affermazione che, più spesso di quanto si pensi, sono i bambini stessi a provocare l'emergere di un disagio latente negli adulti.

Dove voleva arrivare? Possibile che la semplice voglia di potere lo avesse indotto a tanto? In mano e nel letto di quale bruto era finita Francesca?

Tutti questi interrogativi che le si affollavano in mente, mentre capiva dall'atteggiamento passivo di tutti gli altri che Marco stava inviando il suo messaggio di comando sulle loro menti e riprendendosi la priorità d'espressione nei confronti della sua tanto adulata compagna, fecero balzare Elena in piedi:

- Come puoi fare un'affermazione così lurida?...-

Nel silenzio totale, Marco la richiamò all'ordine, stendendo verso di lei il braccio, in un gesto di sufficienza e di blocco perentorio di quanto stava dicendo.

Nessuno fece un fiato, neppure Francesca: avevano riconosciuto la Verità.

Dell'intervento di questa, nemmeno l'ombra; anzi, aveva assentito con la testa ad ogni affermazione di lui. Elena ebbe la conferma che il lento risveglio di sua cugina, dovuto agli scambi di idee con lei, era stato individuato e soppresso sul nascere: ecco perché Marco la voleva, a tutti i costi, allontanare.

Il grande capo dichiarò aperto il dibattito ed il primo dei presenti che aveva alzato la mano, un professionista più che cinquantenne, arrivò a dire che era pienamente d'accordo sul contribuire dei bambini a quanto accadeva ogni giorno. Portò a supporto della sua affermazione il dato riportato dai media sull'età della bambina coinvolta nel fatto specifico: nove anni, ovvero due oltre l'età della ragione. Era stata lei, con i suoi atteggiamenti provocanti, a suscitare l'interesse sessuale dello zio trentenne.

Elena era esterrefatta e ribattè che quelli che lui definiva "atteggiamenti provocanti", in qualsiasi bambina di nove anni, altro non sono che il prodotto dell'ambiente in cui vive, media compresi.

La controparte del momento le rispose laconicamente:

- Se io adulto la metto in guardia, spiegandole che potrei farle molto male, e lei insiste…la mia coscienza è a posto e posso procedere.-

Elena guardò per prima Francesca, quasi a darle man forte nell'intervento che aveva preparato. Silenzio. Poi rivolse lo sguardo altrove, in una carrellata che andava da Marco agli altri sette. Niente. Allora disse, con tono pacato, quasi di rassegnazione:

- Non credete che dovremmo parlare un po' dei principi morali, etici per le orecchie delicate dei laici, che vigono in qualsiasi evento della vita? E dei tabù, forse? Bambini e sesso, credo fermamente che costituiscano un tabù.-

Solo dopo un lungo paio di minuti,un altro prese la parola;ma solo per dirle con astio:

- Ma possibile che sei sempre il Bastian Contrario della situazione?-

Non ci fu neppure un'ombra di rimbrotto da parte di Marco, che avrebbe dovuto ricordare a chi aveva parlato (lo faceva d'abitudine) che la prima regola in gruppi come il loro era quella del rispetto di qualsiasi opinione, senza attacchi diretti a chi l'avesse espressa.

L'Incantatore aveva davvero lavorato con alacrità alla manipolazione ed al plagio dei suoi accoliti, pensò Elena, chiedendosi quanto ci fosse di autogratificazione patologica del proprio ego e quanto di interesse economico nel suo operato: forse la cosa riguardava anche Francesca...e ciò le ricordò l'eredità ancora vincolata che suo zio aveva lasciato alla figlia e in cui anche Massimo aveva sperato negli ultimi tempi.

Venne affrontato il secondo argomento all'ordine del giorno: qualcosa di molto meno coinvolgente, per l'introduzione del quale Marco offrì la parola a Francesca, con la sua solita aria melliflua. Ma lei ne fu contenta ugualmente. L'equilibrio era ristabilito. Ma non per Elena, che aveva toccato con mano quanto la situazione fosse sbilanciata a sfavore di Francesca e che aveva anche avuto l'illuminazione del raggiro finanziario che Marco sicuramente aveva in mente.

Di lì a un paio di settimane, Elena si tirò fuori dal gruppo, in modo molto diplomatico e senza più riparlare dell'accaduto con Francesca, che se ne sarebbe forse vergognata (Elena non era sicura che il grado di coscienza glielo avrebbe permesso): inventò che i suoi orari di lavoro erano cambiati e non poté non notare il sospiro di sollievo di tutti. Ma, con la coerenza che la distingueva, non aggiunse che le dispiaceva...perché non era così.

Era suo intento non inimicarsi ufficialmente Marco e porgergli il fianco per eliminarla dalla vita di Francesca.

Questa bevve la balla; lui no. Ma gli conveniva stare zitto: se avesse provocato una reazione verbale di Elena di fronte al gruppo, nel momento del commiato, questa avrebbe certamente fatto almeno vacillare tutto il castello di carte da gioco che aveva costruito davanti agli occhi di Francesca, per prima, e degli altri, che pagavano profumatamente quegli incontri settimanali, in cui si sentivano forti in un branco compatto, perché tutti plagiati dall'esperto manipolatore di cervelli e di anime infelici. Per Marco era quasi irrilevante perdere solo la quota di Elena.

Solo adesso questa fu in grado di capire come mai durante la sua prima seduta una ragazza del gruppo, nell' autopresentazione individuale che ognuno faceva ad ogni nuovo elemento, ci avesse tenuto tanto a farle sapere che lei, grazie alla forza che Marco le aveva infuso, era riuscita a camminare sui carboni accesi senza scottarsi.

Mentre lo diceva, aveva guardato il suo santone con occhi languidi e adoranti, da innamorata. Era evidente che lui l'aveva convinta di averlo fatto e che quello che sarebbe dovuto essere un gruppo di autoanalisi e conoscenza si era ormai trasformato, agli occhi di Elena, in una vera e propria setta, dedicata al Gran Sacerdote. Si disse che non si sarebbe stupita di sapere che tutte le donne del gruppo si sarebbero volentieri offerte fisicamente a lui, senza provare gelosia, pur di potergli appartenere completamente.

Non era quello che Elena stava cercando quando si era unita a loro, invogliata dalle descrizioni che Francesca le faceva dell'"energia positiva che si sviluppa nei nostri incontri" e delle capacità intuitive e socializzanti di Marco. Adesso si ripeteva che aveva commesso un grosso errore, quando lo aveva accettato acriticamente, solo perché, secondo lei, non poteva che essere migliore di Massimo.

A quel punto invece, cominciò a preoccuparsi seriamente dell'integrità mentale di Francesca e tirarla fuori da quell'ambiente vischioso in cui si trovava, di certo senza esserne consapevole, diventò la sua più grande preoccupazione. Si domandò come avesse potuto non accorgersi prima di quanto la personalità di sua cugina fosse labile e dipendente...altrimenti, come si sarebbe potuto verificare un secondo plagio della sua mente? Plagio peggiore del primo.

In quei giorni Elena riandò più volte con la mente a quei terribili due giorni di dieci anni prima, in barca con Massimo e Francesca, e ricordò che allora si era meravigliata che un uomo, tanto debole da essere vittima di un processo di identificazione con un'altra persona che ammirava e invidiava, avesse potuto a sua volta condizionare completamente un'altra mente.

Capì all'improvviso e con un ritardo di dieci anni che si era trattato di due tipi diversi di identificazione e dovette ammettere che Massimo ne usciva vincente: lui era rimasto addirittura affabulato nei confronti di Carlo, avendolo idealizzato e invidiato; Francesca, invece, si immedesimava con chiunque le sembrasse capace di offrirle alibi alla propria incompiutezza esistenziale.

- Adesso mi sento completa, - continuava a ripeterle - è come se fossi sempre vissuta senza una parte di me che ignoravo esistesse.

Riguardo a Massimo non glielo aveva mai sentito dire, ma era evidente che solo lui aveva potuto fittiziamente colmarle quel vuoto per venti lunghi anni...salvo poi sembrarle totalmente inutile e sostituibile, una volta privato dei suoi mezzi.

Ad Elena faceva male dover ammettere che Francesca si era comportata come un pappagallo ammaestrato per quasi tutta la sua vita ma non poteva più negare l'evidenza; al punto che adesso la vedeva come causa principale della rovina del su ex marito,

mentre non aveva mai voluto ammetterlo, neppure con Renato.

Quando il processo di identificazione di Massimo con Carlo si era evoluto nella seconda fase, quella della pianificazione progettuale, Francesca avrebbe dovuto accorgersi che stava passando il limite, invece di scimmiottarlo nell'escludere lei, Elena, dal nuovo cerchio affettivo.

Capì che era completamente priva di scrupoli, perché priva di una coscienza che le imponesse dei limiti operativi…ma non era come dire che non era intelligente?

Volendole un gran bene, Elena voleva a tutti i costi fornire un alibi a Francesca.

E fu per lo stesso motivo che, dopo l'episodio della seduta di gruppo finita in tragedia, continuò a frequentare la coppia: aveva deciso di recuperare a Francesca la libertà di scelta; ma per farlo doveva saperne di più sulla loro vita, sul loro quotidiano e sulla loro intimità.

Quello che avrebbe scoperto l'avrebbe lasciata allibita.

Un pomeriggio dell'inverno seguente, mentre parlavano più liberamente del solito, in quanto Marco era via per uno dei suoi congressi all'estero, Francesca scoppiò improvvisamente in lacrime e disse chiaro e tondo che

Marco, secondo lei, stava frequentando un'altra donna.

Elena non si meravigliò affatto e le chiese:

- E perché tutta la continua messa in scena della mano nella mano e i vostri sguardi che si incontrano perfino prima che tu sorrida liberamente a qualcuno?-

- Perché lui è così; lui incanta…te l'ho già detto. E poi…-

- E poi? –

- E poi, sono fermamente convinta che ci siano altre cose, oltre al sesso…cose che non troverà mai in nessun'altra. Mi stima talmente tanto per la mia mente…sono sicura che non mi lascerà mai, perché non potrebbe vivere senza gli stimoli e le gratificazioni intellettuali che io gli do.-

Glissando pietosamente sulle sue farneticazioni, Elena cercò di saperne di più; ma non quella sera. Aveva già saputo abbastanza e voleva che Francesca si aprisse spontaneamente con lei. Tanto più che avevano deciso che lei avrebbe dormito lì quella notte, dal momento che lui non c'era e Francesca non voleva stare sola.

Si ripromise di escogitare qualcosa per aiutare Francesca ad uscire dal gorgo in cui si trovava: un duplice groviglio di convinzioni non solo sbagliate ma anche imposte dall'esterno. Voleva che sua cugina si convincesse della disonestà di Marco e (cosa ancora più dolorosa per lei) della propria mancanza di corposità ai suoi occhi, della propria inutilità nell'universo di lui, fatto di futilità e di autoglorificazione.

Ma come dirle tutto questo? Come dirle che purtroppo si era lasciata manipolare e contagiare proprio da quest'ultima?

La mattina dopo, sedute al tavolo della colazione e

ancora in vestaglia, ripresero la conversazione lasciata a metà la sera prima.

Francesca sembrava di nuovo nel pieno controllo di sé, bella come sempre e perfettamente riposata: avvolta in un'originale mantella di cachemire bluette, che diceva essere la sua vestaglia e che indossava su dei fuseaux e un ampio maglione in tinta, come pigiama.

Aveva preparato una delle sue tavole e, visto che era quasi Natale, l'aveva ornata a modo suo, con piatti, tazze e tovaglioli scuri.

Come se la conversazione non si fosse mai interrotta, esordì dicendo:

- Lui non può fare a meno di tutto questo.-

- Senti, ho pensato molto a quello che mi hai detto ieri sera e ti dirò che non mi aspettavo di trovarti così questa mattina. Pensa che sono venuta dietro la tua porta, a sentire se stessi piangendo. Evidentemente le tue doti di recupero sono salve…tanto meglio. Però, secondo me, non dovresti continuare nella tua convinzione che, siccome esistono altri valori, oltre al sesso, su cui fondare l'unione di una coppia, lui non ti lascerà mai…Francesca, sono parole sacrosante, le tue riguardo ai valori…ma ti basta davvero solo di non essere lasciata? In una coppia lo scambio fisico è insostituibile; tanto più se uno dei due sta cercando, al di fuori della coppia, un'alternativa all'assenza di questo. Non credi?-

- Sì, hai ragione…è che so con certezza che Marco è un monogamo.-

- Bene. Ma forse non c'è sesso fra di voi da parecchi mesi…Sto azzardando questa ipotesi, perché mi dici che frequenta un'altra donna ma non potrebbe mai trovare come sostituire l'intesa intellettuale che ha con te...giusto?-

- Hai indovinato.-

- E allora, non pensi che potrebbe stare rispettando la sua naturale fedeltà fisica verso un'altra?...-

- No, questo no.-

- Ma perché no? Come fai ad esserne certa?-

- Perché non esiste nessuna come me...me lo dice sempre.-

- Ma sai anche che, a volte, siamo tutti capaci di indorare la famosa pillola...insomma, di mentire.-

- No.Lui no. Perché è troppo preso dal mio cervello. Me lo ha detto lui,anche questo.

Del resto, - continuò −hai visto anche tu che mi fa presiedere le sedute del gruppo e che tutti, lui compreso, pendono dalle mie labbra. −

Si era completamente immedesimata in lui. Era impossibile distoglierla dal suo punto di vista, a meno di essere brutale, di sbatterle in faccia che non era assolutamente vero, di ricordarle la seduta sulla pedofilia, di dirle che lui la teneva lontana dal mondo e dal vero, facendole credere di averla collocata su un piedistallo... mentre invece la teneva segregata nella torre d'avorio della propria mente, con tutti gli altri suoi trofei...e chissà per quali fini.

Elena non poteva immaginare che lo scopo di tutto ciò fosse dei più frivoli e meschini, il più ridicolo a cui pensare: il grande uomo voleva evitarsi di rimanere solo anche per un attimo soltanto, prima del passaggio di consegne da Francesca alla nuova regina della sua casa. Tutto qua: la grande mente aveva paura della solitudine...come qualsiasi povero diavolo.

- Va bene. Non vuoi ascoltarmi ed io, d'altra parte, non voglio passare ai tuoi occhi per la solita guasta coppie (Elena avrebbe dovuto aggiungere "come hai fatto tu dieci anni fa"). Promettimi soltanto che conterai su di me, ti confiderai quando ne avrai bisogno...perché, credimi, dovresti prepararti a qualche brutto colpo di scena, visti i tuoi sospetti. E non credi che sia un po' strano che tutti questi congressi, a cui partecipa da qualche mese, cadano sempre nelle giornate festive, oltre che nei finesettimana? –

- Beh, perché? Cosa ci trovi di strano? Io, più che fidarmi di lui, so che non farebbe mai qualcosa che lo porterebbe a perdermi. –

- Va bene. Non mi hai detto che ne avrà uno a cavallo di Capodanno? Scusami, ma mi sembra la data più improbabile per chiedere a delle persone di stare a discutere la loro materia la notte del trentuno e la giornata del primo dell'anno. E poi...perché non ti porta con lui? – ed era stata zitta, aspettando l'effetto della riflessione di Francesca su quanto aveva detto...ammesso che quel cervello ne fosse ancora capace, pensò.

Dopo quasi un minuto di silenzio, il viso di Francesca passò dall'espressione di chi è arrogantemente sicuro di ciò che sta affermando alle lacrime e ai singhiozzi, che le scuotevano le spalle riverse sugli avambracci, che aveva pesantemente poggiati sul tavolo, con un tonfo che aveva fatto tintinnare le tazze.

- Che c'è? Parla.- Elena fu pronta ad afferrare al volo il momento di abbassamento della guardia.

-Ho trovato vari biglietti di aereo,con le date giuste ma le destinazioni...la destinazione...diversa. Sempre la stessa.-

- E dov'è che va? -

- Non va all'estero, come dice, ma sempre a Vicenza, dove so che si è trasferita una sua paziente, che conosco anch'io e che era venuta da lui in terapia di coppia con suo marito. -

- Come comportamento professionale, non mi sembra proprio il massimo della correttezza.- Rimarcò seccamente Elena, pentendosene immediatamente, al pensiero che anche Francesca era stata una paziente di Marco, per non parlare della precedente compagna.

- Perché, che c'è di tanto strano? Dopo tutto, in amore può succedere di tutto, No?-

- Appunto, lo hai detto, in amore...ma non nella sua professione...o almeno non in modo così seriale. – Tanto valeva affondare la spada, visto che lo difendeva anche e che, nel suo delirio di potere da autocompiacimento aveva negato le prove anche a se stessa. E avrebbe continuato a farlo, se Elena l'avesse forzata a parlare ulteriormente, invece di lasciarla libera di farlo o meno: come una naufraga, si era afferrata alla tavola che le veniva porta...e lo aveva fatto prima del tempo previsto da Elena.

Francesca adesso piangeva sul suo mito caduto e su se stessa, visto che avere messo tutta la situazione in parole aveva conferito a questa una realtà che si era sempre negata.

- Calmati adesso. C'è un rimedio a tutto, lo sai. Questa volta potresti non farti trovare a casa, al suo ritorno.-

- Non so dove andare. Non ho uno straccio di lavoro per vivere né un tetto sotto cui dormire. –

- C'è casa mia, se vuoi, e puoi starci tutto il tempo che ti pare: e sai anche questo, adesso. Ma spiegami come hai fatto a recitare la parte della donna felice ed appagata, con tutto questo che ti rodeva dentro. -

- Non lo so…ogni volta che mi convincevo che era ora di andarmene, di mollarlo,lui me lo leggeva dentro, prima ancora che ne parlassi. Una volta mi ha pure accusato di pensare senza prima metterlo a parte dei miei pensieri… prima…capisci? E dimmi tu se non è amore, questa voglia di stare dentro la mia testa…-

- Francesca, questo non è amore. Si chiama lavaggio del cervello. Dai, abbiamo un paio di giorni per organizzarci, dopo di che gli facciamo trovare la casa vuota. –

- No. Perché mi punirebbe a distanza.-

- Adesso non esageriamo. Non ci siamo piaciuti dal primo momento, io e lui, ma non ce lo vedo proprio ad assoldare un killer…o qualcuno che ti gambizzi.-

- Non hai capito…lui può far ammalare le persone a distanza…così come ha fatto camminare Nadia sui carboni accesi…eppure lo hai sentito con le tue orecchie…-

- Sì, ma non l'ho visto con i miei occhi. Senti: continui a ripetere le parole "capire" e "capito", come se io non ci potessi arrivare…Ma piuttosto, sei tu a non capire che hai a che fare con un ingannatore di professione. Francesca, svegliati e approfitta del fatto che io ti abbia ricercata e che sia qui. -

- Sì, grazie, ma so che tu non puoi capire (…ancora…): me lo ha detto lui e ha minacciato di farlo con me e con la mia famiglia…Anche se poi si è rimangiato tutto. Stavamo litigando e gli è uscito dalla bocca, senza che lo volesse; poi si è scusato e ci ha riso su…ma io ho paura. Ha strani poteri…perché conosce la mente umana e, soprattutto, conosce le grandi capacità ricettive della mia: capisci… siamo i due poli che si attraggono, nel bene e nel male; ed io non devo provocarlo, ma solo amarlo…-

- E, chiaramente, anche questo te lo ha detto lui…- disse Elena, ben vedendo che non si trattava di un leggero plagio ma di una riduzione in schiavitù mentale. Cominciava a disperare di poterla convincere: dopo tutto, lei non era una terapeuta professionista, cioè qualcuno che potesse veramente aiutare Francesca ad uscire dalle grinfie di quel malfattore…Ma volle provarci ancora:

- Francesca, adesso basta davvero. Devi scuotere il tuo cervello dal torpore passivo in cui Marco te lo ha avviluppato. Smetti di dire sciocchezze.-

- Mi ha anche preso i soldi dal conto comune dove li avevo depositati…Sai, il mese scorso è arrivata quella parte di eredità su cui Massimo ed io avevamo contato per risistemarci un po' le ossa e per comprare una barca che ci piaceva…come vuoi che possa vivere fuori da qui?-

- Oh, adesso sì che parli da essere ragionevole e di problemi concreti che è stato capace di causarti. Ma bravo il nostro mascalzone: adesso il quadro è proprio completo.-

- Non dire così…è solo un altro dei suoi stratagemmi per tenermi con lui…non può vivere senza di me-

Elena non prese nemmeno in considerazione un'ipotesi di risposta a questa ennesima enorme sciocchezza detta da Francesca e si limitò ad aggiungere:

- Ti ho già detto che verrai da me. Ma piuttosto, sei sicura di non avere nient'altro da dirmi su questo filibustiere, su questo "incantatore", come lo chiami tu? Tira fuori l'orgoglio, Francesca! Domani andiamo insieme da Manfredi, il mio amico avvocato.-

Pioveva a dirotto, il giorno dopo,mentre andavano in macchina all'appuntamento con lui, contattato immediatamente da Elena e che, altrettanto prontamente, si era reso disponibile:

- Elena, che piacere. Deve essere qualcosa di importante, se mi chiami qui a studio...No, non ti preoccupare, un cliente è appena andato via e l'altro non arriverà prima di un quarto d'ora. Dimmi brevemente di che si tratta.-

- Ascolta, non è direttamente per me, ma ti sarei molto grata se tu potessi ricevere mia cugina e me al più presto possibile.-

- Sembri molto preoccupata: dimmi solo il tipo di problema che ha Francesca. Me la ricordo perfettamente, come non si potrebbe? So che si è separata dal marito, perché l'ha assistita un collega. Adesso che c'è? -

- C'è che ne ha lasciato uno, per ritrovarsi con uno peggiore: ci sono di mezzo molti soldi da recuperare.-

- Fammi guardare l'agenda...Venite domani pomeriggio, sera: dirò io alla segretaria di inserirvi tra un cliente e l'altro. Ciao, a domani.

Mentre erano in macchina, l'indomani pomeriggio, Elena aveva deciso di tirare fuori dalla bocca di Francesca tutto quanto ci fosse ancora da sapere sulla vicenda, perché temeva che lo potesse tacere a Manfredi, per difesa o per paura di Marco.

- Ma come diavolo hai fatto a rimanere lì dentro, senza impazzire?- e si fermò in tempo, prima di dire "ammesso che tu non lo sia già, pazza".

- La notte mi svegliavo e cominciavo a meditare, come ci ha insegnato lui alle riunioni del gruppo...e tu non sai quanto questo possa aiutare le anime che soffrono...-

"Ancora...", pensò Elena; ma disse soltanto:

- Capisco...e su che cosa verteva la tua meditazione notturna?-

- Oh, non si medita sempre sulle stesse cose...dipende dall'occasione e dal bisogno che la vita ti mette davanti...-

- E quindi...-

- ...Sulla trascendente comunione di pensieri e di affetto che può unire le persone...come me e Marco, per esempio... sulla non importanza dei beni economici e della materia, compreso il corpo...che troppo spesso reclama il sesso come mezzo di comunicazione...e mi riaddormentavo. Il giorno dopo...era un altro giorno.-

"E' per questo che sei ridotta come uno scheletro e senza un soldo, allora: certo,la materia non è importante..." disse Elena mentalmente, " mentre lui va e viene in aereo e guadagna l'ira di Dio di soldi con la sua professione e con la stupidità con cui gli dai anche i tuoi..."

Arrivarono allo studio di Manfredi dopo circa tre quarti d'ora a la segretaria le annunciò a lui, attraverso l'interfono.

Dopo le convenzionali strette di mano e i "da quanto tempo...", Francesca espose il caso e Manfredi non poté fare a meno di notare il tono che lei usava, quasi di scuse nei confronti dell'assente, come se si stesse sentendo in colpa per l'accusa che Elena la stava costringendo a muovergli.

Elena e Manfredi si scambiarono un'occhiata d'intesa e lui capì immediatamente il problema, sebbene lei non avesse potuto neppure accennargli qualche particolare della storia, in quanto lo aveva chiamato dal tavolo della colazione, in un momento in cui Francesca era andata a rispondere al telefono.

Si trattava del solito raggiro del convivente, che si offriva di custodire il denaro dell'altro sul proprio conto, con la scusa di fargli risparmiare le spese bancarie di gestione.

Manfredi mise subito in chiaro che le probabilità di riuscita dell'imbroglio erano direttamente proporzionali all'innamoramento dell'altro...ma anche quelle di vincere la causa dipendevano da quella stessa variabile...perché avrebbe dovuto scavare nella storia di Marco e Francesca con lucida crudeltà.

Elena capì perfettamente che il suo amico stava scegliendo con molta cura le parole, per non offendere Francesca: "innamoramento" era l'eufemismo che Manfredi aveva usato, per non parlare di stupidità e dabbenaggine.

Chiese a Francesca se fosse decisa a procedere nel recupero dei suoi soldi ed aggiunse:

- Forse adesso mi dovresti dire il nome di quest'uomo...-

- Sì, sì...ma non ne sono ancora sicura: forse avrei dovuto pensarci ancora un po', prima di venire qui a sottrarti tempo. Quanto al nome del mio convivente...si tratta del Dottor Marco Rossi, psichiatra.-

Seguirono alcuni secondi di un silenzio pesante, durante i quali Elena si domandò quale ne fosse la causa, e poi domandò:

- Scusa, Manfredi, ma perché fai quella faccia? -

- Perché tua cugina ha appena nominato il più grosso delinquente che io conosca e che non riusciamo ad incastrare, perché è fortemente ammanicato e perché, con le sue minacce, ha costretto già due donne a ritirare la querela contro di lui.-

- Che vuoi dire?- domandò Francesca, cercando di mantenere un tono rispettoso.

- Voglio dire che questo bell'imbusto...primo, non è psichiatra; secondo, ha fatto lo stesso cicchetto alle due poverette come te, che ti hanno preceduta. Il tutto, nel giro di poco più di dieci anni. Non si fa vedere in giro; di solito intesta i contratti d'affitto delle ville in cui vive alla convivente di turno; e vive lì rintanato, come una talpa nel suo nascondiglio; non risulta da nessuna parte come professionista e ha già ricevuto due denunce dall'Albo degli Psichiatri; oltre a quelle, poi ritrattate per le sue minacce, da parte di due conviventi. Elena, ti basta o devo continuare?-

- Per me sarebbe più che sufficiente...- rispose, capendo perfettamente che Manfredi cominciava a dubitare della lucidità di Francesca.

Ma bastò anche a Francesca, che si vergognò del colpo infertole dall'amico di Elena, in quanto si vedeva declassata a convivente di un delinquente qualunque e non del grande luminare in cui aveva creduto.

Era quello che ci voleva per la sua mente plagiata e tuttavia orgogliosa, sia pur per luce riflessa dal suo compagno: quasi non proferì parola, per tutto il viaggio di ritorno.

- Stai elaborando le informazioni?- azzardò Elena; ma era chiaro che Francesca stava elaborando ben altro: la caduta del suo duplice mito, impersonato da Marco e da lei stessa. La lasciò ai suoi pensieri e cucinò lei, quella sera.

La mattina dopo, quando si ritrovarono in cucina, Francesca abbracciò Elena e le disse in un soffio:

-Grazie. Cosa avrei fatto...se tu non mi avessi ricercato? I miei bagagli sono pronti. Gli lascerò le chiavi dalla sorella.

- Brava. Così mi piaci. Aggiusteremo tutto, stai tranquilla: Manfredi è in gamba e gliela farà pagare... vedrai. Tanto più che adesso è particolarmente carico di voglia di fare giustizia, visto che la Primula Rossa ha colpito ancora e molto vicino a lui: sei mia cugina e Manfredi ed io siamo davvero buoni amici.-

- Ma come lo pagherò?...-

- Non ti preoccupare. Tra me e lui, ti aiuteremo. Ci puoi contare. E poi, tra qualche mese riavrai i tuoi soldi, no?-

- Sei stata così presente...senza intrometterti più di tanto...ma per fortuna alla fine hai preso in mano la situazione. Grazie, per avermi tirato fuori dall'inferno.-

Sembrerebbe una storia a lieto fine,se non fosse per il fatto che non è ancora finita.

Per i due anni seguenti, Francesca ed Elena continuarono a frequentarsi e a quest'ultima fu subito chiaro il bisogno che l'altra aveva di essere aiutata a demolire tutta la sovrastruttura mentale che Marco aveva sovraimpresso alle sue facoltà raziocinanti. Ci sarebbe voluto del tempo, ne fu consapevole fin dall'inizio: così si sorbì pazientemente le ricorrenti elucubrazioni di Francesca su quanto le mancassero le sedute di terapia di gruppo presiedute da lei stessa; su come le fosse scoppiato improvvisamente un dolore alla spalla, di sicuro causato da LUI (perché ormai Marco aveva perso ogni identità agli occhi di Francesca, che non avrebbe voluto ammettere con se stessa di essere stata legata ad un uomo qualunque...).

Spesso ripeteva le stesse domande a Elena: come avesse potuto fingersi psichiatra con tutti, come avesse osato praticare una professione così delicata e in cui riusciva così bene...ma senza un titolo...Evidentemente, ci stava arrivando: presto sarebbe stata libera, mentalmente libera, da quell'ombra incombente su tutti i suoi pensieri.

In certi momenti, però, Elena non ne poteva più e avrebbe voluto dirle che non solo LUI, ma anche LEI, pur essendo sicuramente la parte lesa, aveva esercitato senza un titolo, anche se in minima parte; anche lei aveva condiviso quella "professione delicata", per usare le sue stesse parole, in cui a rischiare erano le menti dei pazienti.

Ma non lo fece mai, aspettando che Francesca si irrobustisse, arrivando ad accettarsi anche senza gli attributi di superiorità culturale, del cui possesso l'aveva convinta Marco.

Con il passare dei mesi, Elena credette di vederla tornare con i piedi per terra.

- Credo che dovrò accettare il primo lavoro che mi capiterà, fosse anche come badante- le disse un giorno Francesca, dopo qualche tempo dall'''evasione'' dal carcere dorato della sua convivenza.

- Non metterla così; - l'aveva consolata, anche se aveva aspettato con ansia che da quella bocca uscisse una verità del genere – pensa in termini di dama di compagnia. Magari riusciamo a trovare una vecchia signora che voglia qualche ora di lettura e di bella conversazione.-

- Ma che tristezza... Comunque, devo fare qualcosa, anche se posso finalmente lasciare casa tua e tuttavia non preoccuparmi di un affitto, visto che mio fratello mi dà la metà della sua bifamiliare per qualche anno.-

- Vedi che piano piano anche la tua famiglia ti sta riaprendo le braccia? Certo, non ti potevano perdonare di essere stata tanto ingenua con quei soldi che Marco ti ha fregato...Vedo che sapere che Manfredi li sta recuperando li sta facendo rilassare: abbiamo fatto bene a dirglielo.-

- Lo so. E se penso che ci avrei potuto aiutare la barca del mio matrimonio a non affondare...- Poi aveva guardato Elena ed era scoppiata in una fragorosa risata, la prima così di cuore, dai tempi in cui rideva e sorrideva solo al comando di Marco, come una foca ammaestrata. E aveva continuato:

- La barca simbolica, voglio dire, quella che i topi abbandonano quando sta per affondare, come diceva di me il mio ex- marito nei confronti di me e di lui. Certo, sarebbero stati spesi molto meglio se ci avessimo comprato la barca dei suoi sogni, quella vera, voglio dire. - E aveva sorriso di nuovo.

Che le stesse anche venendo un po' di senso dell'umorismo, dopo tante batoste? Aveva pensato Elena.

- Me la sono squagliata con Marco, all'improvviso,

proprio poco prima di avere quei soldi che avevamo aspettato per anni Massimo ed io. L'"incantatore" sapeva bene che stavano per arrivarmi…-

- Meno male che ci sei arrivata da sola. Quella mossa deve essere sembrata proprio sporca a Massimo, non credi? Comunque, ormai è acqua passata. Dimmi piuttosto, come vanno le cose con le tue sorelle? –

- Si stanno facendo in quattro per aiutarmi: mi passano anche qualche soldo per qualche vestito nuovo. Hai ragione: stiamo ridiventando una famiglia…o meglio, mi ci stanno inserendo di nuovo, perché loro non si sono mai trovati divisi: erano compatti nell'accusarmi di essere stata più che scorretta nelle modalità con cui ho lasciato Massimo. Avevano ragione…tanto più che non hanno mai sindacato sulla fine del nostro matrimonio in sé.-

- Sono molto contenta per te. Adesso puoi concentrarti esclusivamente sulla ricerca di un lavoro.-

Elena non avrebbe mai potuto prevedere che la famiglia ritrovata , facilitandole la vita per affetto, altro non avrebbe ottenuto dalla mente labile di Francesca che il risvegliarsi dell'orgoglio di setta privilegiata.

Di lì ad un mese i discorsi di questa sarebbero diventati precisamente l'opposto di quando era disposta anche a fare la badante.

- Non posso accettare un lavoro che non sia per me.- La sentì dire seccamente un giorno.

- Che cosa vuoi dire? – la incalzò Elena.

- Voglio dire che non siamo tutti uguali. Non lo siamo e basta, per nascita o per botta di fortuna: decidi tu. E, se mi vogliono, dovranno offrirmi qualcosa alla mia altezza…

posso anche fare a meno di un paio di stivali in più, fino a quel momento.-

Elena capì immediatamente che, finite le vere preoccupazioni su come procurarsi un tetto sulla testa o su come fare fronte alle spese quotidiane, grazie all'intervento dei suoi fratelli, Francesca era regredita allo stadio di bambina viziata, così come aveva sempre vissuto.

- Ma hai pensato mai che un paio di stivali in più, in certe circostanze, costituiscono un lusso e non un bisogno di base? Non credi che un'entrata tua, perché guadagnata da te, ti serva prima di tutto per mangiare e per fare fronte a tutte quelle spese inevitabili? -

- Da quel lato, come sai e per fortuna, mi sta aiutando la mia famiglia...un tetto in testa ce l'ho... Aspetterò che arrivi la richiesta di qualche consulenza o altre cose del genere. -

" Ci risiamo", pensò Elena – "di nuovo il suo delirio di onnipotenza...", ma si limitò a chiederle:

- Appunto, di che genere? -

- Che cosa vuoi che ti dica adesso; mi andrebbe bene un qualsiasi posto adatto alle mie competenze...niente di più ma, anche, niente di meno. Sai che ho conoscenze profonde in psicologia, design, moda...A questi patti, accetterò la prima che mi si presenterà. -

- E come dovrebbero arrivarti, queste consulenze? Non sei iscritta a nessun albo professionale...che io sappia. -

- Oh, i canali sono tanti e multiformi; appronterò un curriculum...("con quali titoli?" si domandò Elena), e lo farò girare in atelier e grandi firme: sto già riprendendo i contatti con gli amici professionisti che facevano parte del giro di Massimo e mio.-

- Ma hai riflettuto sul fatto che lì ti sei fatta terra bruciata intorno, lasciandolo come hai fatto? Renato mi ha detto che si schierarono tutti con lui, allora. -

- Elena, non costringermi a dire qualcosa di solo apparentemente arrogante, tanto più che neanche tu sei brutta...Non appena alzerò il telefono e mi rifarò viva, non resisteranno alla voglia di rivedermi...visto che sono libera di nuovo.-

Tutta la sana umiltà di qualche mese prima altro non era stata che il frutto della paura che sua cugina aveva improvvisamente provato, nel ritrovarsi sola: cioè senza un paladino pronto a lottare con tutti i draghi della terra, pur di averla, e non ancora inglobata di nuovo nel gruppo elitario della sua famiglia.

Anche lontana dai suoi due pigmalioni, Francesca aveva ormai recuperato una notevole dose di autostima, per non dire di arroganza, che era soltanto stata momentaneamente coperta dalla cenere delle avverse vicende: l'aveva sempre posseduta, fin da ragazzina, quando i due suoi lumi tutelari non avevano ancora fugato la sua naturale timidezza, dovuta alla non ancora avvenuta sperimentazione delle sue doti.

Ogni giorno che passava la rendeva più forte e più in grado di camminare da sola: anche se girava soltanto a vuoto, sperperando il suo tempo, che Elena non si stancava di consigliarle di impegnare in qualche corso che le fornisse un attestato per poter trovare un lavoro.

Passava le giornate preparandosi ad uscire e a leggere le riviste patinate che non aveva mai smesso completamente di comprare. Erano le stesse riviste che, negli ultimi tempi del suo matrimonio, avevano fatto saltare i nervi di suo marito; quando tornava a casa con metà della spesa per mangiare, ma con l'ultimo numero nero lacca della sua rivista d'arte preferita o l'ultimo di "Vogue".

Mentre avveniva in lei questa metamorfosi, arrivò anche il suo trasferimento nella casa che suo fratello le aveva messo a disposizione: era completamente arredata, con il buon gusto comune a tutti loro di famiglia, ma Francesca le dette il suo tocco personale e il risultato fu dei migliori.

Subito dopo, forse nel giro di una settimana soltanto, cominciò a diradare le visite a casa di Elena e le sue telefonate a lei, adducendo come giustificazione impegni mai definibili nei termini normali della gente comune.

Diceva di avere fatto un salto in centro, a studiare la vetrina di un grande stilista per rubargli qualche spunto. Oppure era andata in libreria a cercare un libro di autoanalisi sperimentale, la cui copia già in suo possesso era rimasta da Marco: rimasta, nel senso che gli apparteneva e lei l'aveva consultata, forse anche letta per intero, durante la preparazione delle sedute con il gruppo. Infatti, cominciò anche a vagheggiare l'istituzione di un gruppo di ricerca gestito da lei.

Elena si chiedeva dove prendesse i soldi...fino al giorno in cui Francesca le disse con molta naturalezza che aveva ricontattato quel suo amico, il primario, con cui aveva una relazione e che aveva mollato all'improvviso, quando se ne era andata da casa con Marco.

Quando Francesca le aveva raccontato la storia, Elena

si era chiesta "E Massimo?", perché non lo aveva neppure nominato e lei non aveva informazioni su quel vuoto di dieci anni nella loro frequentazione. Ma lasciò che il racconto uscisse spontaneamente dalle labbra dell'interessata; senza fare domande, per non rischiare che si bloccasse...per una sorta di autocensura. Ma questa avrebbe presupposto una coscienza...e Francesca non la aveva.

- Sai? Non chiedeva altro: mi ha aspettato per tutti questi anni, pensa. Era folle di me e lo è tuttora...solo, prima eravamo ad armi pari, cioè tutti e due sposati. Adesso è tutto diverso e il gioco lo conduco io. -

- Che vuoi dire?-

- Semplicemente che mi piace moltissimo, proprio come prima...ma se è stato così folle da perdonarmi di averlo lasciato, dalla sera alla mattina, per un terzo uomo... insomma, sa che potrei sfuggirgli di nuovo; specialmente con la totale libertà che ho adesso: sono single come te e tu sai bene che non devi rendere conto a nessuno delle tue azioni. - Come se prima se ne preoccupasse, di relazionarsi onestamente a suo marito, pensò Elena.

Ecco da dove le venivano i soldi: non moltissimi. Ma quel tanto che un uomo sposato, libero professionista e benestante, poteva permettersi di sottrarre al budget familiare, senza farsene accorgere.

Elena non sapeva cosa dire e rimase zitta per qualche secondo; allora Francesca, sentendosi giudicata nel suo spessore morale, aggiunse con tono arrogante:

- Devo ripeterti che non devo spiegazioni a nessuno?...E non voglio neppure preoccuparmi di quello che pensi tu.-

Evidentemente conosceva bene la sua migliore amica

e sapeva perfettamente che Elena non condivideva la sua condotta, riguardo al fatto che il suo amico, il primario, ogni volta che si tratteneva da Francesca, le lasciava del denaro sul tavolo o sul comodino, e lei lo accettava.

- Non può andare per negozi a comprarmi dei regali... dopo tutto è la stessa cosa.-

Egocentrica e priva di freni inibitori, quando si trattava del suo tornaconto, Francesca pensava che fosse tutto molto naturale, che fosse una condotta comune.

Elena si ritrovò davanti la ragazza arrogante che aveva sempre conosciuto e che aveva ammaliato Massimo; ma con in meno la timidezza che allora le veniva fuori a sprazzi.

Perennemente concentrata su se stessa, Francesca cominciò ad uscirsene con strane frasi:

- Certo che tu, Elena, lavori sodo...lunedì, martedì, mercoledì e così via. Ma quando ti godi la vita?-

Oppure: - Possibile che non puoi mai venire all'outlet, se non di domenica? Io, la domenica, voglio fare altro...-

E così arrivò il giorno in cui, come risposta alla sua proposta di andare insieme ad una mostra, come avevano progettato di fare già da due settimane, Elena si sentì dire:

- Senti, voglio andarci da sola e quando dico io. Non voglio legami di nessun tipo, adesso che sono veramente libera: libera anche dalla paura a distanza che mi faceva Marco...- aveva esitato per qualche secondo e poi era esplosa:

- E non voglio sentirti dire che mi hai aiutato ad uscire dalla sua casa, perchè me ne sono andata da lì sulle mie gambe. -

Elena, che non aveva neppure pensato a reclamare per
sé tale merito, rifletté in quel momento che era tutto vero…
ma fuori, ad aspettarla in macchina, c'era stata lei…e solo
Dio sapeva se ce l'avrebbe mai fatta da sola.